www.ingramcontent.com/pod-product-compliance
Lightning Source LLC
LaVergne TN
LVHW010758051026
849532LV00007B/2400
9789369085682

منتخب اردو افسانے

(حصہ : ۲)

مرتبہ:

سید حیدر آبادی

Muntakhab Urdu Afsane - Part:2 *(Short Stories Anthology)*
by: Syed Hyderabadi
Edition: December '2024
Publisher :
Taemeer Publications LLC (Michigan, USA / Hyderabad, India)

ISBN 978-93-6908-568-2
9 789369 085682

کتاب	:	**منتخب اردو افسانے (حصہ :2)**
ترتیب و تدوین	:	**سید حیدرآبادی**
صنف	:	فکشن
ناشر	:	تعمیر پبلی کیشنز (حیدرآباد، انڈیا)
سالِ اشاعت	:	۲۰۲۴ء
صفحات	:	۱۵۶
سرورق ڈیزائن	:	تعمیر ویب ڈیزائن

فہرست

آنکھیں

قاضی عبد الستار

--------طاؤس کی غم ناک موسیقی چند لمحوں بعد رک جاتی ہے۔ "سبحان اللہ جہاں پناہ! سبحان اللہ۔"

"بیگم!" (بھاری اور رنجور آواز میں)

"جہاں پناہ اگر ہندوستان کے شہنشاہ نہ ہوتے تو ایک عظیم مصنف، عظیم شاعر، عظیم مصور اور عظیم موسیقار ہوتے۔"

"یہ تعریف ہے یا غم گساری؟ بہر حال جو بھی ہے مابدولت کے بے قرار دل کو قرار عطا کرنے کی جسارت کرتی ہے۔"

"نصیب دشمناں، کیا مزاج عالم پناہی---؟"

"ہندوستان کے تخت پر جلوس کرنا آسان ہے، لیکن سچ بولنا دشوار ہے، دشوار تر۔"

"نور جہاں بیگم کے سامنے بھی عالم پناہ؟"

"بیگم!"

"ظل الہی کو جو ارشاد فرمانا ہے، ارشاد فرما دیا جائے، پھر جلاد کو حکم دیا جائے کہ ہمارے کانوں میں پگھلا ہوا سیسہ ڈال کر الفاظ پر مہریں لگا دے۔"

"خوب، جوانی آنکھیں قبول کر چکی۔ بڑھاپا سماعت کو سولی چڑھا دے۔"

"کنیز کچھ سمجھنے سے قاصر ہے۔"

"آپ کے نام کا سکہ روئے زمین کی سب سے شان دار سلطنت کے بازار کا چلن ہے۔ ہندوستان کی مہرِ حکومت آپ کی انگشت مبارک کی زینت ہے۔ زمانہ جانتا ہے کہ جہاں گیر ایک جام کے عوض تاج ہندوستان آپ کو عطا کر چکا ہے، لیکن یہ کون جانتا ہے کہ جہاں گیر آج بھی اپنی محبت کی تکمیل کا محتاج ہے۔"

"پوری کائنات کو اپنے بازوؤں میں سمیٹ لینے والی محبت اس ایک چھوٹے سے لمحے کی محتاج ہوتی ہے جب عاشق اپنے سینے کا آخری راز محبوب کے سینے میں منتقل کر دیتا ہے۔ آج کون سی رات ہے بیگم ؟"

"شوال کی چودھویں عالم پناہ!"

"بہت خوب، آج کی رات اس لیے اتاری گئی کہ مابدولت آپ کے سر پر تکمیل محبت کا تاج رکھ دیں۔"

"ظل الٰہی! کیا روئے زمین پر کوئی عورت ہے جس کے ہاتھ میں خاتم سلیمانی ہو اور سر پر محبت کا تاج؟"

"نور جہاں بیگم! رام رنگی کا ایک جام بنایئے اور اس طرح ہونٹوں سے لگا دیجیے کہ جام مابدولت کی آنکھوں سے دور رہے، ایک عمر ہونے کو ہوئی کہ جام میں آنکھیں نظر آ رہی ہیں، وہی آنکھیں۔ وہ بے پناہ آنکھیں۔"

"جہاں پناہ طبیب شاہی کی مقرر کی ہوئی مقدار شراب نوش فرما چکے۔"

"یہ کیسی شہنشاہی ہے کہ ایک جام کو ترستی ہے؟ بیگم! ہماری محبت کے جشن تاج پوشی کے تصدق میں ایک جام عطا کر دیجیے۔"

"اتنی عزت نہ دیجیے جہاں پناہ کہ نور جہاں اس بارِ عظیم کی متحمل نہ ہو سکے۔"

(ایک ہی سانس میں جام خالی ہو جاتا ہے۔)

"بیگم!"

"کنیز ہمہ تن گوش ہے عالم پناہ!"

"بیگم! زندگی کا صرف ایک نام ہے، جوانی اور سلیم کی جوانی؟ دولت مغلیہ کے اوّلین صاحبِ عالم کی جوانی؟ فردوس مکانی بابر بارہ برس کی عمر میں بادشاہ ہو گئے۔ جنت مکانی ہمایوں میدان جنگ میں تلوار چلاتے جوان ہوئے۔ عرش آشیانی اکبر اپنے دادا جان کی طرح بارہ سال کی عمر میں تخت نشیں ہوئے، اور اکبر اعظم کی ولی عہدی سلیم کا مقدر ہوئی۔ عرش آشیانی نے جب شراب پر پہرے بٹھا دیے تو مابدولت کے جان نثار اپنی بندوقوں کی نالیوں میں شراب بھر کر لاتے اور پیانے لبریز کر دیتے، اور نظام ہضم بارود سے سینچی ہوئی شراب اس طرح ہضم کر لیتا جس طرح آج دوا کا پیالہ ہضم نہیں ہوتا۔ اس بے پناہ جوانی اور بے محابا شہزادگی کا اثر تاج داری پر طاری رہا۔ بیگم!"

"ہاں بیگم! دوسرا سالِ جلوس تھا۔ مابدولت مینا بازار میں جلوہ افروز تھے کہ ایک لڑکی نے پان پیش کیے۔ گلوریوں کی نزاکت اور نفاست پسند خاطر ہوئی۔ ہاتھوں پر نظر پڑی تو اور ہی عالم نظر آیا، جیسے نور کے سانچے میں ڈھال دیے گئے ہوں۔ نگاہ بلند ہوئی، معصوم وحشی آنکھوں میں ڈوب گئی اور محسوس ہوا جیسے اندر کوئی چیز ٹوٹ گئی۔ جب ہوش آیا، وہ نگاہ نیچی کیے لرز رہی تھی اور دونوں ہاتھوں میں طشت کانپ رہا تھا۔ مابدولت گردن سے ہار اتار رہے تھے کہ اس کی آواز طلوع ہوئی، جیسے کشمیر کے برف پوش پہاڑوں پر سورج کی کرن تڑپتی ہے۔"

"تحفۂ درویش کی قیمت کیا عالم پناہ!"

"بے شک، تحفۂ درویش قیمت سے بلند ہوتا ہے۔ یہ موتی اس نفاست اور نزاکت

کی داد ہیں جو ان گلوریوں میں مجسم کر دی گئی ہے۔ ہم آگے بڑھے تو عرفان ہوا کہ پیچھے رہ گئے۔ پہلی بار قلعۂ معلّا ویران معلوم ہوا۔ اکبر اعظم کے جانشین کی بارگاہ خالی محسوس ہوئی۔ پہلی بار مابدولت کو غربت کا تجربہ ہوا۔ ایسی غربت جو دل مٹھی میں دبوچ کر ایک ایک قطرہ لہو نچوڑ لیتی ہے اور جب ہم نے چاہا کہ دل کی ویرانی شراب سے شاداب کرلیں تو پہلی بار انکشاف ہوا کہ شراب نشے سے عاری ہو چکی۔ دیر تک شیشے خالی ہوتے رہے لیکن دل کا خلا پر نہ ہو سکا۔"

"پھر جہاں پناہ؟"

"پھر مابدولت کے ہاتھ نے گھنٹہ بجا دیا۔ چوب دار کے بجائے محرم خاں کورنش ادا کر رہا تھا۔ ابھی اس کی بے ادب حاضری پر غور فرما رہے تھے کہ معروض ہوا، پان پیش کرنے والی صاحب زادی کا نام صائمہ خاتون ہے جو بخارا کے شیخ الاسلام کی پوتی اور جلوہ دار شیخِ عرب کی بیٹی ہیں، ان کا مکان عرب کی سرائے۔"

"محرم خاں!"

"ظل الٰہی!"

"یہ قیمتی معلومات کس کے حکم پر فراہم کی گئیں؟"

"زبان مبارک سے نازل ہونے والے احکام کی تکمیل ہر بندۂ درگاہ کا فرض ہے لیکن محرم خاں جیسے مقرب بارگاہ کے منصب کا حق ہے کہ وہ عالم پناہ کی چشم و اَبرو کی زبان سمجھنے کی قدرت رکھتا ہو۔"

"جہاں گیری چشم و اَبرو کی زبان سمجھنا ایک نادر علم ہے لیکن اس کا اظہار اس سے زیادہ ہنر اور اس ہنر کا غلط استعمال بے داد مستوجب۔"

"خداوند!"

"مابدولت نے تمہارا قصور معاف کیا اور حکم دیا کہ خلعتِ ہفت پارچہ مع زر و جواہر کے ساتھ نواب صائمہ بیگم کی خدمت میں حاضر ہو اور پیام دو کہ جشن سال گرہ میں شریک ہونے کی سعادت حاصل کریں۔ ہر چند کہ ابھی رات کی زلف کمر تک بھی نہ پہنچی تھی، ہم بے طرح انتظار فرما ہو چکے تھے۔"

"کتنی خوش نصیب تھی صائمہ بیگم کہ عالم پناہ اس کے منتظر تھے۔ کتنی بد نصیب تھی صائمہ بیگم کہ جہاں پناہ کی حضوری سے محروم تھی۔"

"تمام رات وہ آنکھیں ہماری آنکھوں کے سامنے مجرا کرتی رہیں جن کی سیاہی میں ابد الآباد تک تمام مہجور عاشقوں کی سیہ بختی کا جوہر کھینچ کر انڈیل دیا گیا تھا، جن کی تاب کے سامنے سمندروں کے تمام موتیوں کی آب پانی پانی تھی۔"

"سبحان اللہ، اگر ملک الشعرا یہ تشبیہ سن لیتا تو خجالت سے ڈوب ڈوب جاتا۔"

"وہ رات زندگانی کی سب سے بھاری رات تھی۔"

"کیا اس رات سے بھی بھاری جہاں پناہ! جس کی صبح اکبر اعظم کی تلوار طلوع ہونے والی تھی؟"

"ہاں بیگم! اس رات کی دل داری کے لیے پچاس ہزار تلواریں سلیم کی رکاب میں تڑپ رہی تھیں، اور صاحب عالم کے منہ سے نکلا ہوا ایک فقرہ اکبری تلوار کو غلاف کر سکتا تھا لیکن اُس رات کی غم گساری کے لیے نور الدین محمد جہاں گیر کے پاس ایک دامن و آستیں کے سوا کچھ نہ تھا۔"

"کاش اس رات کی خدمت گزاری کنیز کا مقدر ہوئی ہوتی۔"

"پھر سورج کی کرنیں سلام کو پیش ہوئیں۔ مابدولت درشن جھروکے پر نزول اجلال کے اہتمام میں مصروف تھے کہ فریادی نے زنجیر ہلا دی، صائمہ بیگم اس طرح باریاب

ہوئی گویا وہ کشور ہندوستان کے قلعۂ معلّا میں نہیں، کسی غریب عزیز کے گھر میں قدم رنجہ فرما رہی ہو، نقاب اٹھتے ہی محسوس ہوا جیسے داروغۂ چاندنی خانہ نے قلعۂ معلاً کی تمام روشنیاں ایک شاہ برج میں انڈیل دی ہوں۔ استفسار پر اس طرح مخاطب ہوئی جیسے وہ جہاں گیر سے نہیں، اپنی ڈیوڑھی پر کھڑے ہوئے سوالی سے مخاطب ہے۔ اس کی خطابت نے یقین دلا دیا کہ ماہدولت نے محرم خاں کو سفیر بنا کر غلطی کا ارتکاب نہیں، جرم سرزد فرمایا ہے۔ پھر معلوم ہوا کہ بھری دوپہر پر رات غالب آگئی ہے۔ وہ جا چکی تھی۔ اس کے غروب ہوتے ہی محرم خاں باریاب ہوا۔ عرض کیا گیا کہ خلعت نامقبول اور دعوت نامنظور ہوئی۔"

نجابت اور شرافت پر اتنا غرور؟ ایسا تجبّر؟ معاذ اللہ، معاذ اللہ۔ ایک جام اور عنایت ہو، زبان خشک ہونے لگی۔"

(ایک ہی سانس میں آبگینہ ختم ہو جاتا ہے)

"جہاں پناہ!"

"گوش گزار کیا گیا کہ ارم آشیانی عُلیا۔ حضرت مریم زمانی درودِ مسعود فرما رہی ہیں۔ سلام کے جواب میں ارشاد ہوا کہ شیخو بابا کو اس مغرور لڑکی میں کیا نظر آگیا کہ مغل جبروت و جلال کی بازی لگا دی گئی۔ ماہدولت سکوت فرما رہے۔ جب سکوت حدِ ادب سے گزرنے لگا تو عُلیا حضرت نے سنا کہ صائمہ بیگم سر سے پاؤں تک کرشمہ الٰہی ہے لیکن آنکھوں کی بے پناہی زمین و آسمان کے درمیان اپنی مثال نہیں رکھتی۔ سورج شاہ برج سے رخصت کی اجازت مانگ رہا تھا کہ علیا حضرت ثانی کا غلغلہ بلند ہوا۔ خوش خبری سنائی گئی کہ سفارش خاص پر نواب صائمہ بیگم رات کے کسی پہر قلعہ مبارک میں جلوس فرمائیں گی۔"

"ظل الٰہی نے یہ خوش خبری کس طرح قبول فرمائی؟"

"مابدولت نے غسل فرمایا، نیا لباس زیب تن کیا، نئے جواہر سے آراستہ ہوئے اور خاصہ تناول فرمایا۔ داروغۂ چاندنی خانہ کو حکم ہوا کہ ارکِ معلا کا چپا چپا روشنی میں غرق کر دے۔

داروغہ بیوتات کو فرمان ملا کہ ذرہ ذرہ مشک و عنبر سے معطر کر دے اور داروغہ جواہر خانہ کو پروانہ پہنچا کہ شاہ برج کے طاق جواہر سے لبریز کر دے۔ قلعے دار کو مطلع کیا گیا کہ نواب صائمہ بیگم بہادر کی سواری کو نوبت خانے کی سیڑھیوں تک آنے کی اجازت عطا ہوئی۔ احکام کی تعمیل ہو چکی تھی اور مابدولت انتظار کے تخت پر جلوہ افروز تھے۔"

"ظل اللہ کے دہن مبارک سے انتظار کا لفظ عطا ہو کر کنیز کی سماعت پر اس طرح گرتا ہے جیسے طاؤس پر عقاب۔"

"مقربین بارگاہ نے تہنیت دی کہ حضرت نواب صائمہ بیگم بہادر کی سواری نوبت خانے کی سیڑھیوں پر لگا دی گئی۔ چوب داروں کی آواز پر ملاحظہ فرمایا کہ وہ سیاہ سوتی برقع پر بھاری نقاب ڈالے، دونوں بازوؤں پر عورتوں کا سہارا لیے ہاتھوں میں ایک سرخ پیالہ سنبھالے آہستہ آہستہ آ رہی ہے۔ نقیب خاص کی آواز پر عورتوں نے اس کے بازو چھوڑ دیے اور وہ کورنش ادا کرنے کے بجائے گھٹنوں پر گر پڑی اور کانپتے ہاتھوں نے دراز ہو کر پیالہ تخت کی طرف بڑھا دیا۔ مابدولت تخت سے اتر پڑے، دست گیری عطا کرنے کے بجائے اس کی نذر قبول کی۔ پیالہ ہاتھ میں آیا تو بیگم! جیسے آنکھوں سے بصارت چلی گئی۔"

"جہاں پناہ!"

"پیالے میں اس کی آنکھیں تڑپ رہی تھیں۔"

"ظل الٰہی۔"

"ہاں بیگم! اس کی آنکھوں کے دیدے پیالے میں رکھے تھے۔ شہنشاہی کی پوری عمر میں آدابِ شہنشاہی کبھی اتنے بھاری معلوم نہیں ہوئے تاہم انہوں نے اس کا نقاب اٹھا دیا۔ آنکھوں کی جگہ دو سوراخ تھے جن سے خون رس رہا تھا۔ زرد سنگ مرمر سے تراشا ہوا چہرہ ساکت تھا۔ پائے مبارک میں جیسے کسی نے زنجیریں ڈال دیں۔"

"نصیبِ دشمناں۔"

"صرف اس قدر ادا ہو سکا کہ نواب صائمہ بیگم نے یہ کیا کر لیا؟ آواز آئی، شہنشاہوں کی پسند غریبوں کو زیب نہیں دیتی۔ ناچیز کی آنکھیں جہاں پناہ کو پسند آگئیں، نذر میں گزار دی گئیں۔ کل کی گلوریوں کی طرح قبول فرمالیجیے۔"

"ظل الٰہی۔"

"جب بھی تنہائی باریاب ہوتی ہے، جہاں گیر کی پیٹھ پر اس آواز کے تازیانے برسنے لگتے ہیں۔ آنکھوں میں وہ زندہ دیدے انگاروں کی طرح دہکنے لگتے ہیں۔ کاش وہ زندہ رہتی تو جہاں گیری محل اسے تفویض کر دیا جاتا۔ اس کی دل داری اور دل آسانی کی جاتی تو شاید اس چوٹ کی تڑپ کم ہو جاتی بیگم!"

"جہاں پناہ!"

"ایک جام اور عطا کر دیجیے کہ سماعت جلنے لگی ہے اور بصارت دہکنے لگی ہے۔"

Ref.: penslipsmagazine.com

***

ڈائل ٹون

نسترن احسن فتیحی

اسے اچانک مایوسیوں نے آگھیرا۔۔۔ جبکہ وہ سمجھتا تھا کہ مایوسی، تھکان۔۔۔، نا امیدی۔۔۔ جیسی چیزیں اس کی سرشت میں میں داخل نہیں۔۔۔ لیکن وہ غلط سمجھتا تھا۔۔۔ آخر وہ بھی تو انسان ہے اور ہر انسان کی طرح اپنا زیادہ تر وقت اس عارضی دنیا کی فانی اور لایعنی اشیاء کے لئے تگ و دو کرتے اور حرص وہوس میں گزارتے گزارتے اچانک تھکن محسوس کرنے لگا ہے۔۔۔ اور اس تھکن کی بنیادی وجہ شاید ادھر ملنے والی مسلسل ناکامی تھی۔۔۔

اس ناکامی نے اس کے اندر عجیب سی بے بسی، کڑھن اور جھلّاہٹ بھر دی تھی۔۔۔ وہ بجھا بجھا سا اپنے فلیٹ کی طرف بڑھ گیا۔ وہاں پہنچتے ہی جن سوالوں کا۔۔۔ جن منتظر نگاہوں کا اسے سامنا کرنا تھا وہ اس سے بچنا چاہتا تھا مگر۔۔۔ بے بس تھا۔

گھر پہنچ کر اس نے ایک لاتعلقی اور سنجیدگی کا انداز اپنایا اور کمرے میں جا کر ایک طرف بیگ پھینکا اور بستر پر دراز ہو گیا۔۔۔ بیوی اس کی آہٹ پا کر لپکتی ہوئی آئی مگر اس کی سنجیدگی دیکھ کر چہرہ کچھ بجھ سا گیا۔۔۔ اس کی نظروں میں وہی سوال تھا جس سے وہ بچنا چاہتا تھا۔۔۔ اس نے آنکھیں بند کر لیں۔۔۔ اور بیوی نے بیویانہ سمجھ بوجھ کا پتہ دیتے ہوئے کولر آن کر دیا۔۔۔ کولر کی ہوا کا ٹھنڈا اور نم جھونکا دماغ پر چڑھی گرمی کو کم کرنے

میں ذرا کارگر ثابت ہوا۔۔۔

" سنو• یہ شربت پی لو۔۔۔ " بیوی کی سریلی آواز بھی سر پر ہتھوڑے کی طرح بجی۔۔۔ اس نے ڈرتے ڈرتے۔۔۔ آنکھیں کھولیں۔۔۔ واقعی پیاس سے حلق خشک ہو رہا تھا۔۔۔ مسکراہٹوں کی پھوار گراتی ہاتھ

میں شربت کا گلاس لئے سامنے کھڑی بیوی اس وقت اچھی لگی۔۔۔ اس کا تناؤ ذرا کم ہوا۔۔۔ بستر پر ذرا سا اُٹھ کر تکیئے کا سہارا کمر کو دیتے ہوئے اس نے گلاس پکڑ لیا۔۔۔ اب وہ سوچ رہا تھا خواہ مخواہ گھر آتے وقت وہ تناؤ میں تھا۔۔۔ اب تک اس کی بیوی پائیتانے بیٹھ چکی تھی اور وہ شربت کے ننھے ننھے گھونٹ لے کر نس نس میں دوڑتی ہوئی غصّے اور جھنجھلاہٹ کی چنگاری کو ٹھنڈا کر رہا تھا۔۔۔ تبھی بیوی نے بڑی لگاوٹ سے پوچھا۔۔۔

" آج گئے تھے کیا۔۔۔ ٹیلی فون ڈیپارٹمنٹ۔۔۔ " اس نے شاکی نظروں سے بیوی کی طرف دیکھا۔۔۔۔ بیویاں اگر اپنے بیویانہ حقوق سے باز آ جاتیں تو محبوباؤں کی ضرورت ہی ختم ہو جاتی۔۔۔

" کیا تم ٹیلی فون کے اس چکر کو بھول نہیں سکتیں۔۔۔ " آخرکار جھلاہٹ لفظوں سے عیاں ہو ہی گئی۔۔۔

" میں تو صرف پوچھ رہی تھی۔۔۔ " اس نے ذرا روہانسی آواز میں کہا۔۔۔ اور جھٹک کر اٹھتی ہوئی وہاں سے چلی گئی جیسے اپنی اوڑھی ہوئی لگاوٹ اس کے قدموں میں جھاڑ کر چلی گئی ہو۔۔۔ جیسے مرغیاں اپنے پروں سے گرد جھاڑ کر کھڑی ہو جاتی ہیں۔۔۔

اس نے جھنجھلا کر ایک ہی سانس میں شربت کا گلاس یوں چڑھایا جیسے جلتا ہوا الکوہل حلق میں انڈیلا ہو۔۔۔ اور گلاس ایک طرف پٹک کر لیٹ گیا۔۔۔

دروازہ کھلنے اور بند ہونے کی آواز اور جوتوں کی کھٹ کھٹ سے اندازہ ہوا کہ تینوں

بچے بھی اسکول سے واپس آ گئے ہیں۔۔۔

اب وہ متوقع تھا کہ بچے باری باری سے اس کے پاس آئیں گے اور سوالات کا سلسلہ شروع ہو جائے گا۔۔۔

"ڈائل ٹون آیا۔۔۔؟"

"آج بھی نہیں۔۔۔؟"

"پندرہ دن ہو گئے ہمارے یہاں فون انسٹالڈ (installed) ہوئے۔"

"پاپا گئے تھے۔۔۔؟"

"میرے دوست کے یہاں تو تیسرے دن ہی ڈائل ٹون آ گیا تھا۔۔۔"

۔۔۔۔۔۔ اور یہ صرف اس کا خیال نہیں تھا بلکہ کان میں اس قسم کی آوازیں پڑ رہی تھیں۔۔۔ بچے اپنی ماں کے کان اور جان کھا رہے تھے۔۔۔ کسی وقت بھی اس کی باری آ سکتی تھی۔۔۔

وہ ابھی آنے والی اس افتاد کے تناؤ میں ہی تھا کہ اچانک بجلی چلی گئی۔۔۔ کولر کے بند ہوتے ہی یہ آوازیں اور واضح اور قریب محسوس ہونے لگیں۔۔۔ اور ماحول میں پھیلی ہوئی گرمی میں حلول ہو کر اس کے دماغ کی نسوں میں ناقابلِ برداشت کھنچاؤ ڈالنے لگیں۔۔۔ وہ بلبلا کر کھڑا ہو گیا۔۔۔ اور پہلے جوتے اور موزے اتار کر پھینکے پھر بنیان اور لنگی پہن کر کمرے سے باہر نکلا۔۔۔ بچوں پر ایک سخت سی نظر ڈالی۔۔۔

"اتنی دیر سے آکر تم لوگ صرف باتیں بنا رہے ہو اب تک ڈریس چینج کیوں نہیں کیا۔۔۔"

پھر وہ بیوی سے مخاطب ہوا۔۔۔

"لائیٹ آتے ہی کھانا نکالو۔۔۔ اس گرمی میں کھانا کیسے کھایا جا سکتا ہے۔" وہ

بدبداتا۔۔۔ جھلّاتا بلاارادہ ڈرائینگ روم کی طرف بڑھ گیا۔۔۔ اس کی جھلّاہٹ سے بظاہر ہر طرف سانپ سونگھ گیا تھا مگر جھلّاہٹ بھرے وہ الفاظ سب کی سماعت سے ہوتے ہوئے سب کے وجود میں حلول کر گئے تھے۔۔۔ اور اب ہر چہرہ تناؤ میں نظر آرہا تھا۔

۔۔۔ بجلی تو سسرال سے روٹھی ہوئی بہو کی طرح غائب تھی۔۔۔ جسے نہ آنا تھا نہ آئی۔۔۔ اور سب کے تناؤ میں اضافہ ہی ہوتا چلا گیا۔۔۔ بیوی نے اپنی جھنجھلاہٹ بچوں پر نکالی اور انہیں ڈانٹ پھٹکار کر کھانا کھلا دیا۔۔۔ دونوں بیٹے اب بنیان اور نیکر پہنے بوکھلا بوکھلا کر بات بات پر ایک دوسرے سے گتھم گتھا ہو رہے تھے۔۔۔

ان کی بنیان جیسے پسینے سے نہیں بلکہ شرم سے پانی پانی ہو رہی تھی۔۔۔ اور کیوں نہ ہوتی بھائیوں کے بیچ کی محبت جو آج کل کے بجلی اور پانی کی طرح ناپید ہو گئی تھی۔۔۔

بڑی بیٹی البتہ ایک ہاتھ میں کھجور کا پنکھا لئے زور۔ زور سے ہلا رہی تھی اور دوسرے ہاتھ سے فلمی میگزین کی ورق گردانی کر رہی تھی۔۔۔ جب آس پاس آسودگی اور آسائش کے چہروں پر خراشیں پڑنے لگیں تو ایسے موقعے پر نئی نسل خوبصورت میگزین کی مردہ تصویروں کے روشن اور تابناک چہروں سے زندگی کی حرارت اور خوشی تلاش کرتی نظر آتی ہے۔۔۔

"چار بج گئے ہیں۔۔۔ آکر کھانا کھالو۔۔۔" بیوی کی آواز میں بلاوا کم اور دھمکی زیادہ تھی۔۔۔

وہ اٹھا اور ڈائینگ ٹیبل پر آکر بیٹھ گیا۔۔۔ ایک ایک کرسی کھسکا کر اس کی بیوی اور بیٹی بھی بیٹھ گئیں۔۔۔ کھانا کھاتے ہوئے اسے لگا کہ آج کی ساری روداد سنا کر شاید اس کے دل کا بوجھ کچھ ہلکا ہو جائے۔۔۔ اور سب کا تناؤ بھی۔۔۔

"میں گیا تھا ٹیلی فون ڈیپارٹمنٹ۔۔۔ مگر وہ آدمی تھا نہیں۔۔۔ دو گھنٹے بیٹھا رہا تب

جا کر آیا۔۔۔"

"کیا کہا اس نے۔۔۔" بیٹی نے بڑی بے چینی سے پوچھا۔

"آج ایک نیا بہانہ۔۔۔ پرسوں بلایا ہے۔"

"اُف کتنی کمیونیکیشن پروبلم ہم لوگ فیس (Face) کر رہے ہیں۔۔۔ پاپا۔۔۔ میری کئی سہیلیوں کے یہاں تو انٹرنٹ کی سہولت بھی اب ہے۔ کئی کے پاس موبائل فون ہے۔۔۔ اور ایک ہم ہیں کہ معمولی سا فون اتنی بھاگ دوڑ کے بعد ملا بھی تو نہ اب تک نمبر ملا ہے نہ ہی ڈائل ٹون"۔

"اوپر ساہنی صاحب کا فون بھی لگ گیا ہے۔۔۔" بیوی نے اطلاع دی تو اسے یاد آیا اس نے اور ساہنی نے ایک ساتھ ہی فون کے لئے اپلائی کیا تھا۔۔۔

شام گہری ہوئی تو گرمی سے پریشان لوگ اپنے اپنے فلیٹ سے باہر نکلنے لگے ہیں۔۔۔ عورتیں اور بچے بھی ادھر اُدھر سے نکل کر فلیٹ کے سامنے بڑے لان میں جمع ہو رہے ہیں سب کے چہروں پر بے زاری جھلک رہی ہے۔۔۔ بجلی نہ ہونے سے نلکوں میں پانی بھی نہیں آرہا ہے اور پانی نہ آنے سے برتن نہیں دھُلے ہیں، تو کھانا کیسے بنے۔۔۔ بچّے البتہ ناسازگار ماحول میں بھی کھیل کود میں فوراً محو ہو جاتے ہیں اور یہاں بھی ان کا گروپ الگ طرح کے کھیلوں میں مصروف ہوتا جا رہا ہے۔

"ارے بھائی۔۔۔ کوئی ٹرانس فورمر جل گیا ہے۔۔۔ ابھی بجلی دفتر میں فون کیا تو معلوم ہوا۔۔۔ دو گھنٹے اور لگیں گے اسے ریپئر (repair) ہونے میں۔" ساہنی نے اس کی طرف آتے ہوئے اطلاع دی۔۔۔

جب نیا نیا فون ہو تو جوش میں انسان اسے جلدی ہی کھڑکاتا ہے۔ اس نے سوچا اور روکھی سی ہوں سے ساہنی کو ٹالنا چاہا۔۔۔ مگر جس خطرے کو اس نے پہلے ہی سونگھ لیا تھا وہ

سامنے آیا اور ساہنی نے اگلا سوال داغا۔۔۔

"تمہارے فون کا کیا ہوا۔۔۔؟"

"کچھ نہیں۔۔۔ویسا ہی ہے۔"

"تم نے لائین مین کو پیسے نہیں دئے ہوں گے۔"

" دیئے تھے نہ بھائی صاحب۔۔۔ پورے سو روپے۔" اس کی بیوی نہ جانے کب پیچھے آ کھڑی ہوئی تھی۔۔۔ اور اب ساہنی کی بات کا جواب دے رہی تھی۔

"آپ نے کچھ زیادہ دیا تھا کیا۔۔۔؟"

"آجکل تین سو کا ریٹ چل رہا ہے۔" ساہنی نے اپنی خاص جانکاری ذرا دھیمی آواز میں ان لوگوں تک پہنچائی۔

۔۔۔ اور اس کا خون پھر بوائلنگ پوائنٹ پر پہنچنے لگا۔ اس کرپٹ سوسائٹی کا تانا بانا آخر ہم اپنے ہاتھ سے ہی تو تیار کرتے ہیں۔۔۔ تو پھر بعد میں ہر قدم پر سر پکڑ کر روتے کیوں ہیں۔۔۔ مگر وہ کس سے کرتا یہ سوال۔ اس لئے اپنے اس خیال کو خود تک ہی محدود رکھا۔

" ان سے کتنی بار کہا۔۔۔ رشوت نہیں دے سکتے تو کم سے کم ایس۔ ڈی۔ او سے ایک بار مل لیتے۔۔۔ یا کسی ایسے آدمی کو پکڑتے جس کی پہنچ اوپر تک ہو۔۔۔ بھلا ایسا کرنے میں تو کوئی برائی نہیں۔۔۔"۔

وہ چپ رہتا ہے۔۔۔ کچھ کہنے کا فائدہ نہیں۔۔۔ یہاں پر کمیونیکیشن پروبلم نہیں کمیونیکیشن گیپ ہے۔ اگر وہ اپنے دل کی کہے گا تو سمجھنا تو دور کوئی سننا بھی نہیں چاہے گا۔ جیسے ابھی خود اسے اپنی بیوی کی یا ساہنی کی باتیں گراں لگ رہی تھیں۔۔۔ اس کے بیوی بچّے تو اس وقت صرف ایک ہی بات سننا چاہتے تھے کہ ایسا کیا کہا جائے کہ فون کی گھنٹی بج

اٹھے۔۔۔ اور وہ سوچتا ہے کہ آخر جب اپلائی کر کے ایک سال وہ اپنی باری کا انتظار کر سکتا ہے تو ایک ماہ اور کیوں نہیں۔ کچھ دیر اور آس پڑوس کے لوگ اسے طرح طرح کے مشورے دیتے رہے اور وہ صبر کے گھونٹ بھرتا رہا۔۔۔ وہ کسے سمجھاتا جبکہ اس کے اپنے بھی اس کی دانست میں ان ناسمجھوں کی بھیڑ میں شامل ہو گئے تھے۔ اچانک بجلی آ جانے سے پوری بلڈنگ جگمگا اُٹھی۔۔۔ اور ان تمام لوگوں میں خوشی اور اطمینان کی ایک لہر دوڑ گئی۔۔۔

کئی دن اور معمول کے مطابق یونہی سرک گئے۔۔۔ اس نے ہر طرف کے پریشر سے گھبرا کر اپنے مزاج کے خلاف بھی کئی کام کئے۔۔۔ کئی پاور فُل لوگوں کے دروازے پر گیا۔۔۔ مگر ہوا کیا۔۔۔ اپنی بے چینی اور کمتری کا احساس اس کی انا کو کچوکے لگا گیا۔۔۔ معاملہ جہاں تھا وہاں رکا رہا۔۔۔ وہ سوچتا ایسا کوئی کام نہیں کرنا چاہئے جس میں اپنی انا سے سمجھوتا کرنا پڑے۔۔۔ اسے مجروح کرنا پڑے۔۔۔ بیوی کہتی۔۔۔ یہ انا، اصول، خود داری سب ناکامیاب لوگوں کے ڈھکوسلے ہیں۔۔۔ بدلتے ہوئے وقت میں ان باتوں کی قیمت ویسے ہی گرتی جارہی ہے جیسے ڈولر کے آگے انڈین کرنسی۔ اس لئے کبھی کبھی اپنے آدرشوں کی چادر میں چھپنے کے بجائے اسے ایک طرف اٹھا کر پھینکنے کی طاقت بھی خود میں پیدا کرنی چاہئے۔۔۔ ورنہ زندگی کے یہ کھوکھلے اصول کبھی ہم سے بڑی قیمتی شے چھین لیتے ہیں۔۔۔ اور ناکامی کی کالک قسمت پر تھوپ دیتے ہیں۔۔۔"

مگر اتنی بھاگ دوڑ اور تگ و دو کے بعد اسے لگ رہا تھا کہ وہ اپنے اصولوں کو پکڑ کر بیٹھا رہتا تو کم از کم آج اسے یہ تکلیف تو نہ ہوتی جو بار بار ان کے اور اُن کے آگے گڑگڑا کر دوڑ کر بھی کچھ حاصل نہ کر پانے سے ہو رہی ہے۔

کچھ دنوں سے سب کی چبھتی نظروں کو وہ محسوس کر رہا تھا، جیسے اس ناکامی کی ساری

ذمہ داری اسی پر عائد ہوتی ہو۔۔۔ یا ہر طرف ہر چیز ٹھیک چل رہی ہے۔۔۔ صرف اسی میں کوئی کمی ہے جو اب تک وہ ایک ادنیٰ سا کام نہیں کروا پایا۔۔۔ اس سسٹم سے کسی کو کوئی شکایت نہیں۔۔۔ جہاں پر کام یوں ہوتا ہے جیسے وہ نوکری نہیں احسان کر رہے ہوں۔۔۔ اب تو اسے بھی حیرت ہو رہی تھی کہ آخر ایسی کیا بات ہوگئی کہ فون انسٹالڈ (installed) کرنے کے بعد بھی بیس دنوں سے اسے ڈائل ٹون اور نمبر نہیں دیا جا رہا ہے۔۔۔ صبر اور تحمل کی بھی کوئی حد ہوتی ہے۔۔۔ اب تو بچوں نے بھی پوچھنا چھوڑ دیا تھا۔۔۔ بیوی کی ضد بھی ڈھیلی پڑ گئی تھی۔۔۔ بس کبھی گھر میں اس طرح کا تذکرہ نکل جاتا کہ فلاں کے یہاں اتنی جلدی فون لگ گیا جبکہ ہم لوگوں نے کو اتنے دن ہو گئے۔۔۔ اور دور کیوں جایا جائے۔۔۔ آجکل تو ہر بات کے پیچھے ساہنی کی مثال دی جانے لگی تھی۔۔۔ اس طرح کے تبصرے اب اس کے اندر ایک ضد بنتے جا رہے تھے۔۔۔ اور اس نے ٹھان لیا تھا کہ کچھ بھی ہو وہ اب رشوت دے کر ہرگز کامیابی کی کوشش نہیں کرے گا۔۔۔ سیدھے راستے سے ہی کوشش کرتا رہے گا اور انہیں ایک نہ ایک دن مجبور ہو کر ڈائل ٹون دینا ہی پڑے گا۔۔۔ اور وہ ثابت کر دے گا کہ یہ ہمارے اوپر ہی منحصر ہے کہ ہم کون سا طریقہ اپنانا چاہتے ہیں۔ کبھی کبھی اس کی بیوی اسے سمجھانے کی کوشش کرتی مگر وہ اس طرح کی باتیں سننا بھی نہیں چاہتا تھا اس لئے ہوا یہ کہ ایک سرد جنگ کا آغاز گھر میں ہو گیا۔۔۔

ادھر اس نے اپنی کوششیں تیز کر دیں، وہ روزانہ ٹیلی کمیونیکیشن کے دفتر جا کر معلومات حاصل کرتا اور دیکھتا کہ وہ تنہا پریشان نہیں تھا۔۔۔ اس کے جیسے نہ جانے کتنے لوگ روزانہ اس دفتر کے چکر لگایا کرتے۔۔۔ لیکن ایک دن ایسی ہی ایک مایوسی سے بھری تپتی دوپہر میں اس وقت اس کے حیرت کی انتہا نہ رہی جب نہ جانے کیوں اور کیسے

اسے ٹیلی کمیونیکیشن کے دفتر میں یہ جواب ملا کہ۔۔۔

"۔۔۔ آپ گھر جا کر فون رسیو کریں۔۔۔ ابھی چند گھنٹوں میں ڈائل ٹون دیتا ہوں۔۔۔

وہ حیران بھی تھا اور خوش بھی۔۔۔ آج کی یقین دہانی میں سچائی کی جھلک تھی۔۔۔ اسے یقین تھا کہ آج وہ سب کے سامنے سرخ رو ہو جائے گا۔۔۔ گھر آتے ہی اس نے بیوی کو یہ خوشخبری دی مگر یہاں بھی اسے حیرت ہوئی جب اس خبر سے بجائے خوش ہونے کے ایک طنزیہ سی ہنسی اُس کے چہرے پر کمان کی طرح کھینچ گئی۔۔۔ بیوی کے چہرے کے طنزیہ خطوط کو دیکھ کر اس نے سوچا کہ شاید اسے یقین نہیں آیا ہے کہ وہ آج بالکل صحیح خبر لے کر آیا ہے۔۔۔ خیر۔۔۔ کچھ دیر میں یقین بھی آجائے گا۔۔۔ جب تک اس گرمی اور انتظار کی کوفت سے نجات پانے کے لئے اس نے سوچا کہ وہ نہا کر آ جائے۔۔۔

ابھی وہ باتھ روم سے نکل کر تولیہ سے اپنے گیلے بالوں کو خشک کرنے کے بعد آئینے کے سامنے کھڑا ہی ہوا تھا کہ ٹیلی فون کی گھنٹی بج اُٹھی۔۔۔ اس کے ہونٹوں پر ایک آسودہ سی اطمینان بخش مسکراہٹ ابھر آئی۔۔۔ آخر کار وہ جیت گیا۔۔۔ اور بغیر رشوت کے اپنی کوششوں میں اسے کامیابی ملی تھی۔۔۔ بیوی بچے سب فون کی طرف لپک چکے تھے۔۔۔ وہ اطمینان سے اپنے بالوں میں کنگھی کرتا رہا۔۔۔ گھر میں آئی خوشی کی یہ لہر اسے عجیب سا سکون دے رہی تھی۔۔۔ بیٹی نے فون اُٹھا کر اپنا نمبر نوٹ کیا۔ تبھی بیوی نے رسیور اس کے ہاتھ سے لیتے ہوئے بات شروع کی۔۔۔

"تھینک یو۔۔۔ بھائی صاحب، مہربانی آپ کی۔۔۔ آگے بھی خیال رکھئے گا کبھی فون خراب ہو تو۔۔۔ آپ کو مل گیا تھا نا۔۔۔؟ پہلے بتا دینا چاہیئے تھا۔۔۔ خواہ مخواہ اتنا انتظار کرنا

پڑا۔۔۔ میں نے ساہنی صاحب سے آپ کا تحفہ بھیجا تھا۔۔۔ ٹھیک۔۔۔ ہنسی۔۔۔ ہاں۔۔۔ ہاں۔۔۔ کیوں نہیں۔۔۔ ہم بھی ہمیشہ آپ کا خیال رکھیں گے۔۔۔ او۔ کے۔ تھینک یو۔۔۔"

اب اس کی بیوی نے رسیور واپس کریڈل پر رکھ دیا تھا۔۔۔ اور وہ سُن سا کھڑا تھا۔۔۔ وہ ہار گیا تھا۔۔۔ یہ باتیں تیزاب کا تاثر رکھتی تھیں۔۔۔ جو اس کے یقین، اس کے اعتماد۔۔۔ اور اس کے اندر کے سچے انسان کو جھلسا گئی تھیں۔۔۔ اس نے آئینے میں دیکھا تو اسے لگا جیسے اس کا چہرہ مسخ ہو گیا تھا اور وہ سوچ رہا تھا کہ یہ مسخ شدہ چہرہ اس کا ہے یا ایک سیدھے اور سچے انسان کا۔۔۔؟

Ref.: penslipsmagazine.com

***

خشک کیچڑ

کوثر جمال

یہ کوئی چالیس برس پہلے کی ایک سہ پہر تھی، بہار اور گرمیوں کے سنگم پر کھڑی، تھوڑی سی اونگھتی ہوئی، تھوڑی سی بیدار۔ وہ دونوں کالج یونیفارم میں کتابیں سینوں سے لگائے [کہ کالج جانے والی نچلے متوسط گھرانوں کی لڑکیاں اس دور میں بڑے بیگوں کی بجائے اسی طرح کھلی کتابیں اٹھایا کرتی تھیں]، تیز تیز قدموں سے اب اس پل پر پہنچ چکی تھیں جس کے نیچے سے شہر کا برساتی نالہ شہر کی گندگی لیے گزرتا تھا۔ پل کے دونوں اطراف اب گھروں یا خالی زمین کی بجائے حدِ نظر تک دکانیں ہی نظر آتی تھیں۔ شہر تیزی سے بڑھ رہا تھا اور لوگوں کے کاروبار بھی اسی رفتار سے پھل پھول رہے تھے۔ برساتی نالے کے ساتھ ساتھ اگے قدیم درختوں میں سے ابھی کچھ کٹ جانے سے بچ رہے تھے اور سر جھکائے، بانہیں لٹکائے کسی سوچ میں غرق محسوس ہو رہے تھے۔ پل کے بائیں جانب سیڑھیاں اتر کر ایک ڈھلوان سے کچا راستہ اس کالونی کی طرف جاتا تھا جہاں بلدیہ کے محکمہ صفائی کے نچلے درجے کے ملازمین رہائش رکھتے تھے۔ وہ دونوں جب اس ڈھلوان تک پہنچیں تو دیکھا کہ نشیب میں آباد ان چھوٹے چھوٹے گھروں کی کالونی کی طرف کئی بھنگنیں بلدیہ کے بھاری بھرکم جھاڑو اٹھائے اپنے اپنے مسکنوں کو رواں تھیں۔ اس کالونی میں ایک گھر فقیر مسیح کا بھی تھا جو کچھ روز پہلے ان دونوں کو کالونی میں لا کر اپنے

گھر کا نقشہ سمجھا چکا تھا۔ لیکن اس روز انھوں نے شام ہو جانے کی وجہ سے فقیر مسیح کے اصرار کے باوجود اس کے ہاں جا کر چائے پانی پینے سے معزوری ظاہر کی تھی۔

اس روز رات کو رابعہ نے کئی بار سوچا۔۔۔۔ کیا مجھے فقیر مسیح کے ہاں چائے بھی پینا پڑے گی، انھی برتنوں میں، جن میں وہ اور اس کے گھر والے کھاتے پیتے ہیں۔ اس سے آگے وہ کچھ نہ سوچ سکی۔ اس کا تخیل گندگی، بو اور مکھیوں کی بھنبھناہٹ کے تصورات میں الجھتا چلا گیا۔ فقیر مسیح اس محلے کے تقریباً" ہر گھر کی گندگی اور فضلہ اٹھاتا تھا۔ ابھی ان محلوں میں جدید ٹوائلٹس کا سلسلہ شروع نہیں ہوا تھا۔ کام کر چکنے کے بعد وہ اپنا فضلے سے بھرا بڑا سا کنستر اٹھا کر جانے سے پہلے یہ ضرور کہا کرتا: "چنگا فیر بی بی جی میں ہن چلّا واں"۔۔۔۔ ایسے موقعوں پر اکثر رابعہ کی ماں اسے کچھ کھانے کے لیے روک لیا کرتی۔ وہ "چنگا بی جی" کہہ کر کنستر اٹھا کر باہر گلی میں ایک طرف رکھتا، پھر واپس آکر اپنی قمیض کی جیب میں سے صابن کی گھسی ہوئی ٹکیہ نکال کر صحن کے ایک طرف لگے نل کے پانی اور صابن سے خوب مل مل کر ہاتھ دھوتا۔ صابن کی ٹکیہ واپس جیب میں رکھتا اور گیلے ہاتھوں کو اپنی ہی قمیض سے خشک کر لیتا۔ رابعہ کی ماں، نماز روزے کی پابند ایک نیک دل عورت تھی۔ وہ فقیر مسیح کو رات کا بچا ہوا یا پھر صبح کا بنا تازہ کھانا اُس خاص پلیٹ میں دیا کرتی جو اس کے لیے مخصوص تھی اور گھر کے عام استعمال کے برتنوں سے الگ رکھی جاتی تھی۔ رابعہ نے گھر میں کئی بار چھٹیوں کے دنوں میں فقیر مسیح کو زمین پر بیٹھے کھانا کھاتے دیکھا تھا۔ وہ جلدی جلدی بڑے بڑے لقمے پیٹ میں اتارتا۔ کھانا کھا چکنے کے بعد وہ اپنی انگلیوں کو چاٹتا، ہاتھ اور پلیٹ دونوں کو دھوتا اور پلیٹ نلکے کے پاس ایک طرف رکھ دیتا۔ اسے بھی معلوم تھا کہ یہ پلیٹ اس کے لیے الگ رکھی جاتی تھی۔۔۔۔

"نہیں، میں فقیر مسیح کے گھر اس کے برتنوں میں چائے نہیں پیوں گی۔۔۔

نہیں۔۔۔ کچھ بھی نہیں کھاؤں گی، میں کوئی بہانا کر دوں گی۔" رابعہ نے دل ہی دل میں فیصلہ کیا۔ انقلاب کا راستہ تو شروع ہوتے ہی کٹھن ہونا شروع ہو گیا تھا۔

آج جب وہ اس بستی میں داخل ہوا ہی چاہتی تھیں تو رابعہ کا دل گھبرانے لگا۔ کچھ تیز چلنے سے اور کچھ سامنے دمکتے سورج کی ترچھی شعاؤں سے وہ پسینے میں نہا گئی۔ اُس کی سفید قمیض کی پہلے سے کچھ زرد پڑی بغلیں گیلی ہو چکی تھیں۔ اس کے پسینے کی بو تیز اور ناخوشگوار تھی۔ "میری طبیعت کچھ گھبرا رہی ہے تابی، کیوں نہ پھر کسی روز یہاں آئیں" اس نے تابندہ سے یہ بات اس وقت کہی جب وہ فقیر مسیح کے گھر سے کچھ ہی فاصلے پر تھیں۔ تابندہ اسے غیر یقینی نگاہوں سے دیکھ کر مسکرائی اور کہا: "مائی ڈیئر کامریڈ، انقلابی اپنے اٹھتے قدموں کو واپس نہیں موڑتے، آج تو جانا ہی ہو گا۔۔۔ وہ لوگ ہمارا انتظار کر رہے ہیں"۔۔۔۔

تابندہ اور رابعہ، دو نو آموز انقلابی لڑکیاں اس شہر میں عورتوں کے مارکسی تعلیمی یونٹ سے وابستہ تھیں۔ ان کا یونٹ شہر کی لیبر یونینز کے ساتھ مل کر کام کرتا تھا۔ کالج کے بعد کسی نہ کسی لیبر یونین کی عورتوں کو انقلابی جدوجہد کی تعلیم دینے کے لیے وہ اس طرح کے وزٹ کیا کرتی تھیں۔ انھیں یہ کام کرتے ہوئے ابھی زیادہ عرصہ نہیں ہوا تھا۔ یوں اس راہ کا ہر مرحلہ ان کے لیے نیا، کبھی دلچسپ اور کبھی مشکل ثابت ہوتا۔ صنعتی ایریا کی ورکرز اور ریلوے کالونی کے وزٹ کے بعد یہ ان کا تیسرا پڑاو تھا۔۔۔۔۔۔۔ عملہ صفائی کی کالونی میں جانے پر تابندہ کو بھی ابتدا میں کچھ الجھن سی ہوئی تھی۔ لیکن پھر اسے اب تک کے سٹڈی سرکلز کی ایک شام یاد آ گئی۔ وہ جب کبھی کمزور پڑنے لگتی تو ایسی ہی کسی بات سے روشنی لے لیا کرتی جو کامریڈ نوید تاریخی و جدلیاتی مادیت کے اسباق پڑھاتے

ہوئے کہہ جایا کرتے تھے۔ ہاں تو اس روز انھوں نے کہا تھا: "یہ علم جو آپ حاصل کر رہے ہیں، یہ اس وقت تک کچھ بھی نہیں جب تک کہ آپ علم کو عمل نہ بنائیں۔ ہم طبقاتی سماج کے خاتمے کی بات کرتے ہیں، اسے ختم کرنا چاہتے ہیں، اس عمل کا آغاز ہمیں اپنے آپ سے کرنا ہوگا، اپنی طبقاتی سوچ اور سماجی و نفسیاتی رویے ختم کرکے۔ طبقات میں بٹے معاشرے کا سب سے خطرناک پہلو وہ ہے جو ہماری سوچوں، رویوں اور سماجی اقدار میں موجود ہے۔ یہ ہماری نفسیات کا حصہ بن چکا ہے۔ اس سے نجات کوئی آسان کام نہیں۔ یہ ایسا ہی ہے جیسے کوئی کیچڑ کے گڑھے میں گر جائے اور آس پاس پانی کی ایک بوند بھی نہانے اور اس کیچڑ کی صفائی کو نہ ہو۔ ایسے میں کیچڑ سوکھ جاتا ہے اور ایک بار جھاڑنے سے نہیں اترتا۔ اسے بار بار جھاڑنا پڑتا ہے"۔۔۔۔۔۔ تابندہ کو یاد آیا کہ اس روز سٹڈی سرکل میں موجود کامریڈ منصور نے سر نوید کی اس بات میں گرہ لگاتے ہوئے کہا تھا: "جب تک کہ پانی میسر نہ آجائے" یہ سن کر سب ہنسنے لگے تھے۔ کامریڈ نوید کا احترام ہونے کے باوجود ان کے سٹڈی سرکل میں ایسی ہلکی پھلکی جملہ بازی ہوتی رہتی تھی۔

تو تابندہ بی بی، یہ سارے کام کیچڑ جھاڑنے اور پرانے رویوں کی صفائی کے مترادف ہیں، وہ اکیلے میں خود سے یہ بات کہہ کر مسکرادی تھی۔

بلدیہ کے عملہ صفائی کی کالونی مفلسی اور بدحالی کی ایک ایسی تصویر تھی جو ان لڑکیوں نے خانہ بدوشوں کی جھونپڑیوں کے علاوہ اور کہیں نہیں دیکھی تھی۔ تنگ کچّی گلیوں کے دونوں اطراف نیچی چھتوں کے ڈربہ نما گھر آباد تھے۔ حیرت ہے ان گلیوں میں کوئی درخت، کوئی پودا کوئی پھول نہیں تھا۔ کیا فطرت بھی اس طبقے سے روٹھی ہوئی تھی۔ کالونی کے لوگوں نے انھیں کسی عجوبے کی طرح دیکھا۔ جیسے وہ بھول کر اس طرف آنکلی ہوں۔ بوسیدہ اور ناکافی کپڑوں میں نیم عریاں میلے کچیلے بچوں نے ان کے پیچھے پیچھے چلنا

شروع کر دیا۔ ہوتے ہوتے یہ تعداد بڑھتی گئی اور دونوں لڑکیاں اپنے آپ میں سمٹتی گئیں۔ ان کا اعتماد ہر اٹھتے قدم کے ساتھ کمزور پڑ رہا تھا۔ اچانک ایک مانوس آواز نے انھیں تھام لیا۔ یہ فقیر مسیح تھا۔ اس کے چہرے کی کسی ہوئی جلد اور تیل میں چپڑے سیاہ بال ترچھی دھوپ میں چمک رہے تھے۔ خوشی سے اس کی باچھیں کھلی جا رہی تھیں۔ آج بیبیاں اس کے گھر آئی تھیں۔ بہت مبارک دن تھا۔ اس نے ٹاٹ کا پردہ ایک طرف کر کے انھیں گھر کے اندر آنے دیا۔ بچوں کا غول اب گلی ہی میں روک دیا گیا۔

یہ گھر چھوٹے سے صحن کے بعد ایک کمرے پر مشتمل تھا۔ صحن میں ایک کنستر میں اگی بوگن بیلیا کی بیل یوں کسمسائی جیسے کھلے دروازے سے اندر آئی ہوا نے اُسے گدگدایا ہو۔ چلو کوئی پودا تو نظر آیا۔ تابندہ نے خوش دلی سے سوچا۔ اس گھر کا اکلوتا کمرہ فقیر مسیح کی کل کائینات تھا۔ کمرے کے دروازے پر ہوا اور روشنی کے آنے اور مکھیوں کی روک کے لیے لنڈے بازار سے خرید اجالی کا سفید پردہ لٹک رہا تھا۔ اس کمرے میں اس کی نوبیاہتا بیوی اور ماں کے علاوہ اور بھی کئی عورتیں موجود تھیں۔ ایک دیوار کے ساتھ رکھی چھوٹی سی پیٹی پر پڑا اسازو سامان چھت کو چھو رہا تھا۔ ایک طرف مٹی کے تیل کا چولہا، جس کے آس پاس سمٹا سمٹا یا کچن تھا۔

یہیں ایک موڑھے پر فقیر مسیح کی ادھیڑ عمر ماں نے مسکرا کر انھیں خوش آمدید کہا۔۔ کچن کی دوسری طرف رنگین پایوں والا بڑا سا پلنگ تھا۔ یہ شاید اس کی بیوی اپنے جہیز میں لائی تھی، پلنگ پر نئی بے داغ بڑے بڑے سرخ پھولوں والی چادر بچھی تھی۔ کمرے کی ایک دیوار پر لٹکتے سنہرے فریم میں حضرت بی بی مریم اور ان کی گود میں ننھے عیسیٰ کا وجود اس گھرانے کے عقیدے کی خبر دے رہا تھا۔ اپنے گھر میں خود سے ذرا اونچے طبقے کی مسلمان زادیوں کو دیکھ کر فقیر مسیح کے چہرے کو فخر کے ہالے نے دمکا رکھا تھا۔

کمرے کی چوتھی طرف جہاں دو بید کی پرانی کرسیاں اور ان کے سامنے ایک چھوٹی سی چوبی میز رکھی گئی تھی اس پر پانی سے بھرے دو شیشے کے گلاس پہلے سے موجود تھے۔ کروشیے سے بنی جالی دار ٹکیوں سے گلاسوں کو ڈھانپ دیا گیا تھا، جس سے اس گھر کی عورتوں کا سلیقہ جھلکتا تھا۔ یہ کرسیاں ان دونوں کے بیٹھنے کے لیے تھیں۔ پلنگ پر بیٹھی کئی عورتیں مشتاق چہروں کے ساتھ انقلابی جدوجہد کا پہلا سبق لینے کے لیے تیار نظر آ رہی تھیں۔

وہ ایک گھنٹے سے کچھ زیادہ یہاں رکیں۔ دونوں لڑکیوں نے جدوجہد میں عورتوں کے کردار اور استحصالی طبقاتی نظام سے متعلق بہت سی باتیں کیں۔ تاہم یہ تدریس کی ون وے ٹریفک ہی تھی۔ سیکھنے والیاں سیکھنے سے زیادہ دیکھنے میں مصروف رہیں۔ کچھ نگاہوں میں اشتیاق تھا، کچھ میں گمان اور وسوسے۔ اور زیادہ تر میں یہ حیرت کہ کالج کی ان لڑکیوں کو اس جدوجہد سے آخر کیا ملے گا۔ سب سے زیادہ پریشانی فقیر مسیح کی ماں کی آنکھوں سے جھلک رہی تھی۔ یہ کوئی نیا ہی راستہ تھا جس پر اس کا اکلوتا بیٹا نہ جانے کیوں چل نکلا تھا۔ فقیر مسیح کی بیوی نے اس دوران چائے کے ساتھ پکوڑے بنائے۔ اب میز پر ایک چھوٹی سی پلیٹ میں کچھ بسکٹ، چائے سے بھری دو پیالیاں اور میزبانوں کا بے پایاں اصرار انھیں دعوتِ طعام دے رہا تھا۔ یہ سب کچھ صرف ان کے لیے تھا۔ اس بے پناہ خلوص کے سامنے وہ دونوں نہ نہ کرنے کے باوجود کھانے پینے سے مکمل انکار نہ کر سکیں۔ تابندہ کے اندر انقلابی ولولے کا ٹھاٹھیں مارتا سمندر اس کی جھجک کو بہا کر لے جا چکا تھا۔ رابعہ کو بھی اس کی دیکھا دیکھی، کچھ نہ کچھ زہر مار کرنا پڑا۔

واپسی کے راستے پر سورج کی تپش میں کمی آ چکی تھیں۔ ان کے طویل سائے ان سے آگے آگے مطمئن قدموں سے چل رہے تھے۔ کالونی کے بچوں کو فقیر مسیح ڈانٹ

ڈپٹ کر بھگا چکا تھا۔ اس سے جدا ہونے سے پہلے رابعہ نے پرانی بات پھر دہرائی: "دیکھو، بھُولے سے بھی میری امی کو پتہ نہ چلے کہ میں کیا کام کرتی ہوں۔ ورنہ میری تو پڑھائی بھی رک جائے گی"۔۔ فقیر مسیح نے دونوں کانوں کو ہاتھ لگا کر پرانا وعدہ دہرایا: "نہ بی بی جی توبہ، انقلابی اپنا وعدہ نئیں توڑدے۔ مجھے ملوم ہے یہ بڑا خفیہ کام ہے۔"

پھر وہ چلتے چلتے فقیر مسیح کی نگاہوں سے اوجھل ہو گئیں۔ نالے کے اطراف اگے قدیم درختوں میں پرندوں کا شور بڑھ چکا تھا۔ جب وہ پل کی سیڑھیوں کے قریب پہنچیں تو اچانک رابعہ نے جیسے کسی ہیجانی کیفیت میں تابندہ کو دھکیل کر ایک طرف کیا اور راستے سے چند ہی قدم دور جا کر قے کر دی۔ اس کا رنگ زرد ہو رہا تھا۔ آس پاس لوگوں نے انھیں گردنیں موڑ کر دیکھا لیکن اپنے اپنے مسکنوں کو پہنچنے کی جلدی میں کسی کے پاس رکنے کی فرصت نہیں تھی۔ کچھ دو چار فارغ لوگوں کو تابندہ نے خود ہٹ جانے کا اشارہ کیا اور رابعہ کا ہاتھ پکڑ کر پل سے ذرا دور لے گئی۔ اس نے رابعہ کی پشت کو ہلکے ہاتھوں سے ملتے ہوئے کہا:

"آو، تھوڑی دیر کے لیے کہیں بیٹھ جاتے ہیں۔ تمھاری حالت سنبھل جائے تو پھر چلیں گے اور اگر طبیعت زیادہ خراب ہے تو گھر جانے سے پہلے ڈاکٹر کے پاس چلتے ہیں۔" تابندہ دل میں سوچ رہی تھی کہ ہم اپنے گھر والوں کو تاخیر سے آنے کا کوئی نہ کوئی بہانہ گھڑ کے سناتے ہیں، آج تو رابعہ کی خراب طبیعت کی وجہ سے جھوٹ نہیں بولنا پڑے گا۔

"نہیں اب میں ٹھیک ہوں" رابعہ نے دوپٹے سے منہ صاف کر کے مریل سی آواز میں کہا۔ پھر اچانک وہ تابندہ کے روبرو آگئی اور پوچھا:

"کیا تمھیں کچھ محسوس نہیں ہوا؟، وہاں چائے پی کر؟"

"نہیں۔۔۔ بلکہ اچھا لگا۔۔۔ مجھے اچھا لگا کہ مجھ پر لگی کچھ خشک کیچڑ جھڑ گئی۔"

تابندہ نے اعتماد سے رابعہ کی انکھوں میں آنکھیں ڈال کر کہا اور یوں کہا جیسے وہ رابعہ کے ساتھ ساتھ خود کو بھی کسی بات کا یقین دلا رہی ہو۔

رابعہ خاموش رہی۔ اس کی چپ میں البتہ آئندہ کی کئی سچائیوں کا شور تھا۔

Ref.: penslipsmagazine.com

***

انسان نما

آدم شیر

رفیق پڑھائی مکمل کر کے نوکری کی تلاش میں مارامارا پھرتا رہا لیکن کہیں بات نہ بنی۔ جہاں امید نظر آتی وہاں تنخواہ اتنی کم بتائی جاتی کہ وہ صحیح طرح کوشش بھی نہ کرتا۔ رفیق کے والد نے، جو پرچون فروش تھے، ایک سال بیٹے کی نوکری لگنے کا انتظار کیا اور دوسرے برس کے آغاز میں ہی رفیق کو اپنا چھوٹا موٹا کام کرنے کے لیے زور دینے کے ساتھ دُکان پر وقت بیتانے کے لیے مجبور کرنے لگے۔ رفیق کچھ مہینے کڑھتے ہوئے دُکان پر کام کرتا رہااور روتے دھوتے گُر بھی سیکھ گیا۔

نئے ہوائی اڈے کو جانے والی سڑک پر نئی آبادی باقاعدہ منصوبے کے تحت بسائی گئی جس میں رہائش کے لیے تگڑی رقم کی ضرورت ہوتی اور اسی پوش نگری کے پاس غرباء نے بھی آہستہ آہستہ اپنی بستی بسالی۔ اِن دو آبادیوں کے درمیان ایک گندا نالا بہتا تھا جس میں دونوں طرف کا فضلہ گرتا تھا۔ امیر کہلانے والوں کی سوسائٹی کے ساتھ ساتھ گندا نالا کنکریٹ بچھا کر ڈھانپ دیا گیا اور اس کے ساتھ سڑک بھی بچھا دی گئی تھی جس کا فائدہ دوسری طرف رہنے والوں کو بھی ہوا۔ غریبوں کی طرف سے جو مکان بدرو کے قریب تھے، اُن میں دکانیں بنائی گئیں اور انہی میں سے ایک مکان کی چار دُکانوں میں سے ایک کاسمیٹکس کی تھی جس کے باہر رفیق نے اپنا کاؤنٹر سجا لیا اور میٹھی گولیاں، ٹافیاں اور

چاکلیٹ جیسی چیزیں فروخت کرنے لگا۔ اس کے کاؤنٹر پر پہلے عام لوگوں کے بچے آتے تھے لیکن بعد میں خود کو خواص سمجھنے والوں کے بچے بھی بکری بڑھانے لگے۔ سڑک کے دونوں طرف سے بچوں کی آمد پر اُس نے سستی کے ساتھ مہنگی ٹافیاں بھی رکھنا شروع کر دیں اور بات صرف میٹھی گولیوں تک محدود نہ رہی۔ وہ اکبری منڈی سے کھانے کی ایسی ایسی اشیاءڈھونڈ ڈھونڈ کر لاتا کہ بچے بھاگے بھاگے آتے۔

کاؤنٹر سجائے سال پورا نہیں ہوا تھا کہ رفیق کو دُکان کی ضرورت محسوس ہونے لگی اور اسے یہ کام بھی پسند آ گیا ورنہ پہلے چھ ماہ وہ روز اخبار میں نوکری کے اشتہار ڈھونڈتا اور درخواستیں بھیجتا رہا تھا۔ جب اُسے نئی سڑک کے قریب دکان ڈھونڈتے دو مہینے ہونے کو آئے تب کاسمیٹکس سٹور کے ساتھ والی دُکان خالی ہو گئی جو رفیق نے والد کی مالی مدد سے کرایہ پر لے لی۔

رفیق نے دُکان میں بھی پہلے بچوں کی چیزوں کو ترجیح دی اور اس کے بعد اپنی جیب کے مطابق گھریلو استعمال کی اشیاء تھوڑی لانا شروع کر دیں جنہیں وہ تول کر چھوٹے چھوٹے شاپروں میں بھر کے رکھتا جس سے دُکان اُس کی ترتیب میں آتی زندگی سے زیادہ سجی نظر آنے لگی اور سڑک کے اطراف میں بسے لوگ جو بچوں کو ٹافیاں دِلانے آتے تھے، اشیائے خوردنی بھی خریدنے لگے۔

رفیق کو دُکان ڈالے پانچ سال پورے نہیں ہوئے تھے کہ کاسمیٹکس سٹور سمیت تین دوسری دُکانیں بھی اُس کے استعمال میں آ چکی تھیں اور اُس کی دُکان اب جنرل سٹور بن چکی تھی جہاں سے نئی سڑک کی ہری بھری جانب بسنے والے لوگ تیس تیس ہزار کا راشن لے جاتے تھے اور پچھلی طرف سے تیس روپے کا سودا لینے والے بھی آتے تھے۔ پہلے وہ خود نوکری ڈھونڈتا تھا، اب اُس کے پاس چھ ملازم تھے۔ ایک سال ہی اور گزرا تھا

کہ رفیق نے وہ مکان بھی خرید لیا تھا جس میں اُس کا سٹور تھا۔ مکان کا پچھلا حصہ رفیق نے گودام بنالیا۔ رفیق کے والد جب پہلی بار مکان دیکھنے آئے تو بولے۔

"اوئے کھوتے، تیرا اک بھرا وکیل اے تے دوجا حساب کتاب کر دا اے پر اصلی ترقی تے توں کیتی اے۔ ہون میں تیرا وی ویاہ کر دینا اے ایسے مہینے۔" رفیق نے والد کی بات پر خوشی کا اظہار کیے بغیر اپنے میں اطمینان کی ایک لہر دوڑتی محسوس کی، کیونکہ زندگی میں پہلی بار اسے ایسا محسوس ہوا کہ اس کے والد کو اپنے بیٹے پر فخر ہے۔ اُس کے والد نے محض خوشی میں شادی کا عندیہ نہیں دیا تھا بلکہ اپنا قول پورا بھی کر دیا۔ بیاہ کے بعد چند مہینے تو خیر خیریت سے گزرے لیکن گھر، جو اصل میں عورتوں کا ہوتا ہے، مردوں کے لیے تو مسافر خانہ ہوتا ہے، کی پرانی اور نئی عورتوں میں چپقلش اتنی بڑھ گئی کہ والد نے وکیل اور اس سے چھوٹے رفیق کو دو مہینے میں اپنا اپنا بندوبست کرنے کا کہہ دیا، صرف چھوٹے حسابی کتابی بیٹے کو ساتھ رکھنے کا فیصلہ سنایا کیونکہ وہ ابھی کنوارا تھا۔

رفیق نے مکان کی تلاش نئی سڑک کی اُس جانب شروع نہ کی جس طرف اس کا سٹور تھا بلکہ سامنے والی آبادی میں ڈھونڈا۔ اس مکان نما کوٹھی کی خریداری کے لیے رفیق کو بیوی کا زیور بھی بیچنا پڑا اور وراثت سے زیادہ حصہ ملنے کے باوجود قرض لینا پڑا جو اُتارنے میں اُسے سال تو لگا لیکن اُس کی بیوی کا گھر بن گیا جو دراصل ایک مختصر سی کوٹھی تھی۔

اِس مکان نما کوٹھی میں پہلی بار قدم رکھتے ہی جس چیز نے اُس کے اَبا کو متوجہ کیا، وہ تھی بیٹھک۔۔۔ اسی کی وجہ سے وہ کوٹھی نہیں تھی بلکہ مکان نما کوٹھی تھی اور اسی کے سبب قیمت کم تھی لیکن رفیق کے والد کو بیٹھک پسند بہت آئی اور اُس نے پہلی بات ہی قہقہہ لگاتے ہوئے اِسی کے متعلق کی۔

"اوئے! تُو پیو دے گھر وی بیٹھ کچ رہندا سی۔ ایتھے وی بیٹھک ملے گی۔"

اگرچہ مکان نما کوٹھی کی بیٹھک آبائی گھر جیسی نہ تھی جہاں بیٹھنے سے گلی میں ہوتی چہل پہل اور پڑوس میں ہونے والی تو تکار کی خبر رہتی تھی، یہاں تو بغل میں رہنے والوں کا کچھ پتا نہ چلتا، لیکن وہ دوپہر کو سٹور سے واپسی پر بیٹھک میں ہی ڈیرہ ڈالتا۔ ایک روز وہ لیٹا ہی تھا کہ نیند کے ہلکورے لینے لگا گو وہ اپنے تیئں بیدار تھا لیکن سویا ہوا تھا اور معلوم نہیں کتنی دیر خواب میں رہتا کہ کسی کی کانوں کے پردے پھاڑ کر سینے میں گھس جانے والی آواز آئی۔

"نی باجی، نی باجی، روٹی کھانی اے۔ اللہ دا واسطہ ای۔ نی باجی، روٹی کھانی اے۔"

رفیق نے کروٹ بدل کر نیند میں رہنے کی کوشش کی مگر وہ آواز مسلسل آ رہی تھی۔

"نی باجی، نی باجی، روٹی کھانی اے۔ اللہ دا واسطہ ای۔ نی باجی، روٹی کھانی اے۔"

وہ آنکھیں ملتے ملتے اُٹھ بیٹھا اور بیوی کو آواز دی، "کچھ دو اور چلتا کرو۔" بیوی نے کمرے میں داخل ہوتے ہوئے جواب دیا، "کتنوں کو دوں؟ سارا دن لائن لگی رہتی ہے۔ ہر بندہ ہی بھکاری بن گیا ہے۔ میں کیا کروں؟"

رفیق نے بیوی کی طرف یوں دیکھا جیسے کہہ رہا ہو 'اچھا جیسے آپ کی مرضی' اور دوبارہ لیٹ گیا۔ اُس کی آنکھیں چھت میں لٹکتے پنکھے کے پروں کو گھور رہی تھیں لیکن کان باہر کی طرف متوجہ تھے۔ پہلے اسے آواز ہلکی ہوتی محسوس ہوئی اور پھر بالکل بند ہو گئی۔ اُس نے سکون کا سانس لیا کہ چلو کچھ دیے بغیر ہی گزارا ہو گیا۔ وہ بیوی کو کھانا لگانے کا کہہ ٹی وی دیکھنے لگا جس پر خبریں پڑھی جا رہی تھیں لیکن نیوز کاسٹر خبر سنا کم اور گلا پھاڑ پھاڑ کر اعلان زیادہ کر رہا تھا جیسے سیاسی جلسے میں تقریر کر رہا ہو۔ وہ خبروں والے چینل مسلسل بدلتا رہا مگر سب اسے ایک جیسے لگ رہے تھے۔ کچھ نہ بھایا تو اُس نے ٹی وی کی آواز بند کر دی اور تبھی وہ آواز کانوں سے دوبارہ ٹکرانے لگی۔

"نی باجی، نی باجی، روٹی کھانی اے۔ اللہ دا واسطہ ای۔ نی باجی، روٹی کھانی اے۔"

وہ آواز کے گھٹنے بڑھنے پر غور کرنے لگا۔ آواز پہلے ہلکی تھی پھر تیز ہونے لگی۔۔۔ لمحہ بہ لمحہ۔۔۔ اور اس قدر بلند ہوگئی کہ بیٹھک کی دیوار کے دوسری طرف کوئی کھڑا پکار رہا ہو۔ اسی دوران میں رفیق کی بیوی ٹرالی پر کھانا سجائے آگئی۔ اُس کے سامنے کھانا پڑا تھا اور کوئی آواز لگا رہا تھا۔

"نی باجی، نی باجی، روٹی کھانی اے۔۔۔"

وہ نہ چاہتے ہوئے اٹھا، بیوی نے روکنے کی کوشش کی لیکن وہ بیٹھک سے نکلا، بڑے گیٹ میں نصب چھوٹا دروازہ کھول دیا اور صدا دینے والا سامنے آن کھڑا ہوا جو پہلے بیٹھک کی طرف ہی کھڑا تھا۔ اُس کے چہرے سے میک اپ کا لیپ یوں اکھڑ رہا تھا جیسے رفیق کے اَبا کے آبائی گھر میں غسل خانے کی دیوار سے ڈسٹمپر کی پپڑیاں بن کر جھڑتی رہتی تھیں جو بہتیرے ٹوٹکے اپنانے کے باوجود سیلن نمی کی وجہ سے ٹھہر نہ پاتی تھیں۔ وہ گھر جو چھوٹ گیا تھا، جس سے دُکھی یادیں وابستہ تھیں، جس سے بچپن کا سکھ بھی جڑا تھا، چھوڑنا پڑا مگر وہ اب تک اس کے گھیرے میں تھے جس کے اندر ایک نوری ہیولا سکڑتا نظر آتا تھا۔

اُس نے غسل خانے کی یاد دِلانے والے سترہ اٹھارہ سال کے شبیر احمد کو اوپر سے نیچے تک دیکھا۔ سر پر سفید دوپٹہ اوڑھا ہوا تھا اور مردانہ شلوار قمیص پہن رکھی تھی۔ وہ جگہ جگہ سے داغی قمیص کا ایک کونا باہنے ہاتھ سے مسلے جا رہا تھا اور رفیق کو یوں دیکھ رہا تھا کہ خود ہی کچھ دے دے لیکن رفیق اُسے جانچنے میں مصروف تھا اور چند لمحوں میں سب جان لینا چاہتا تھا۔

رفیق کے سٹور پر روز درجن بھر مانگنے والے آتے تھے اور ہر ایک کے لیے رفیق نے پانچ روپے کے سکے رکھے تھے۔ ایک ملازم کی ڈیوٹی تھی کہ وہ ہر آنے والے کو سٹور

کے باہر کھڑے کھڑے بھگتا دے۔ اُس نے کبھی کسی کو پانچ روپے سے زیادہ نہیں دیے تھے سوائے کوئی بوڑھا یا بوڑھی آ جائے۔ اُس کی بیوی بھی گھر آنے والوں کے ساتھ یونہی پیش آتی تھی، کبھی کسی کو پانچ روپے سے زیادہ نہیں دیتی تھی مگر جاننے والوں پر اچھا خاصا خرچ کر لیتی تھی جیسے رفیق بھی ایک دو گھروں میں ہر مہینے راشن بھجواتا تھا لیکن مانگنے والوں کو علیحدہ خانے میں رکھتا تھا۔۔ دل میں اُن کے لیے غصہ پاتا اور نہ چاہتے ہوئے سکے بھی دیتا تھا۔ میاں بیوی کو مشکل اس وقت پیش آتی تھی جب کوئی پانچ روپے لینے سے انکار کر دیتا تھا لیکن آہستہ آہستہ وہ اِس کے بھی عادی ہو گئے اور انہیں خود بخود پتا چل جاتا کہ انکاری کو زیادہ دینے چاہیئے یا نہیں گو ایسا موقع کبھی کبھار ہی آتا جیسے اِس وقت رفیق طے نہیں کر پا رہا تھا کہ پانچ روپے کا سکہ دے یا زیادہ نکالے ؟ اور زیادہ دے تو کتنے ؟ دس۔۔۔ بیس۔۔۔ پچاس ؟ اسے سوچ میں ڈوبا دیکھ کر راندۂ درگاہ کے گلے سے وہی آواز گھسٹتے ہوئے نکلی۔

"صاب جی، وے صاب جی، روٹی کھوادے۔"

رفیق نے سوچنا ترک کیا، مُٹھی میں دبا پانچ کا سکہ بغل کی جیب میں ڈالا، اُسے رکنے کا کہہ کر اندر گیا اور واپس آ کر پچاس کا نوٹ پکڑا دیا جسے مردودِ حرم نے پکڑتے ہوئے دعائیں دینے کی بجائے التجا کی۔

"صاب جی، روٹی نئیں مل سکدی ؟"

رفیق کو غصہ آ گیا، "پچاس روپے دیے تو ہیں۔ اور کیا دوں ؟"

وہ ڈرتے ڈرتے بولا، "صاب جی ! ایس علاقے چ تے اپنے دی دال دی پلیٹ نئیں ملدی۔ تسی روٹی دے دیو۔" اُس نے ہاتھ آگے بڑھاتے ہوئے کہا، "اے لو۔ پیسے رکھ لو۔
"

رفیق اُس کی بات سن کر لاجواب ہو کر بیٹھک میں گیا اور سرہانے کے نیچے پڑے نوٹوں میں سے پانچ سو کا نوٹ نکال لایا جو اُس نے مردودِ حرم کی طرف مسکراتے ہوئے بڑھا دیا۔ شبیر نے نوٹ کو دیکھا اور پہلے سے زیادہ ڈرتے ہوئے کہا، "صاب جی! روٹی آکھی سی۔ تسی۔۔۔"

"روٹی کے لیے ہی دے رہا ہوں۔"

"اچھا۔ صرف روٹی لئی؟"

"ہاں۔ ہاں۔ صرف روٹی لئی۔ کیوں؟

"کدی کسے نے صرف روٹی لئی اپنے پیسے دتے نئیں۔" شبیر نے نوٹ پکڑتے ہوئے کہا تو رفیق کا ہاتھ لرز گیا۔ اُس نے منہ سے چند الفاظ نکالنے کی کوشش کی اور ناکامی پر ہونٹ بھینچ لیے۔ ایک پل میں محسوس ہوا کہ کسی نے زمین پر پٹخ دیا ہے اور دوسرے لمحے شبیر پر ترس آرہا تھا کہ زندگی نے اسے کیسے کیسے گھسیٹا ہے۔ اس نے دوبارہ کچھ کہنے کی کوشش کی مگر کہہ نہ سکا اور اپنی قمیص کا داہنا کونہ مسلنے لگا جیسے اس کے سامنے چپ چاپ کھڑا شبیر باہنے کنارے کو انگلیوں سے رگڑ رہا تھا۔ یہ عمل نجانے کتنی دیر خاموشی سے جاری رہتا کہ پیچھے سے رفیق کی بیوی نے تیسری بار کھانے کے لیے پکارا تو اُس نے گردن گھما کر ٹھہرنے کے لیے کہا اور دوبارہ شبیر کی طرف دیکھنے لگا۔ اُس نے چند ثانیے بعد ہاتھ سے رکنے کا اشارہ کیا، اندر جا کر بیوی سے بیٹھک خالی کرنے کے لیے کہا، واپس گیٹ پر آیا اور اُسے بازو سے پکڑ کر ساتھ لے گیا۔

اگلے دن رفیق کے سٹور پر ملازموں کی تعداد بڑھ چکی تھی اور شبیر لپک لپک کر چیزیں پکڑا رہا تھا۔ اُس کے لمبے لمبے بال کٹ چکے تھے۔ سر سے دوپٹہ غائب تھا۔ شلوار قمیص نئی تو نہ تھی البتہ صاف تھی۔ اُس کے چہرے پر نمی سے اکھڑنے والا پلستر بھی نہیں

تھا مگر خراشوں کے نشانات باقی تھے۔ وہ پہچانا نہیں جا رہا تھا لیکن شکاریوں کے لیے شناخت مشکل نہ تھی جو بھرے بازار میں جان لیتے ہیں کہ کس عورت سے پیسے پوچھنے ہیں اور کس سے کترا کے نکل جانا بہتر ہے یا کون سی شریف زادی زیادہ اُچھل رہی ہے۔ وہ بھی سب کے سامنے ٹھیک تھا لیکن ایک ساتھی اُسے۔۔۔ اور باقی رفیق کو کنکھیوں سے دیکھ رہے تھے۔

وہ ساتھی جو شبیر کو معنی خیز نگاہوں سے دیکھ رہا تھا، بعد میں اُس کا دوست بن گیا گو اس نے آغاز میں گھیرنے کی کوشش کی لیکن جلد اسے معلوم ہو گیا کہ وہ ہاتھ نہیں آئے گا۔ اس نئے دوست کو ہر ماہ کے آخر پر پیسوں کی ضرورت ہوتی تھی جو شبیر تھوڑی بہت پوری کر دیتا جیسے وہ گودام، جو اس کا گھر ٹھہرا تھا، میں چوہے پکڑنے کے لیے رکھی گئی بلی کی دودھ کا کٹورا بھر کر خوراک پوری کرنے کی کوشش کرتا تھا۔ پہلے پہلے جب بلی کو ہاتھ لگانے کی کوشش کرتا تو وہ کھسک جاتی لیکن چند دن میں اتنی مانوس ہوئی کہ اس کے پاس بیٹھنے لگی۔ جب بلیجیسا نک چڑھا جانور سدھ سکتا ہے تو سٹور پر کام کرنے والے ساتھی کیوں نہ رویہ بدلتے۔۔۔

اُسے سٹور پر کام کرتے چند ماہ گزرے تھے کہ رفیق کو اُس کے دس جماعتیں پاس ہونے کا علم ہو گیا اور رفیق نے شبیر کی ڈیوٹی مختلف چیزوں پر نظر رکھنے پر لگا دی۔ ایک رات سٹور بند کرتے وقت اُس نے مزید پڑھنے کی خواہش کا اظہار کیا اور اوقات کار میں کچھ تبدیلی کی درخواست کی تو رفیق نے اُسے سوچنے کا کہہ کر ٹرخا دیا لیکن گھر آ کر جب وہ سونے کے لیے لیٹا تو اُسے اپنا وہ استاد یاد آ گیا جو اُسے کبھی مفت ٹیوشن پڑھایا کرتا تھا۔ ان دنوں رفیق کا خاندان قصور سے نیا نیا لاہور آیا تھا اور مالی حالت بڑی پتلی تھی۔۔۔ اِس قدر کہ اُسے دودھ دہی کی دُکان پر کام کرنا پڑتا جہاں استاد اسے بطور گاہک ملا تھا اور وہ یہ جان

کر حیران ہوا تھا کہ وہ اکیلا نہیں جو فیض پا رہا ہے۔

ہر رات کے بعد دن آتا ہے جیسے رفیق کی زندگی میں آیا تھا، جیسے شبیر کے لیے پو پھٹ رہی تھی۔ وہ کالج جانے لگا تھا جہاں اُسے بُری طرح ستایا گیا لیکن وہ ایک اصلی مرد کی طرح ڈٹا رہا گو اسے مردانگی سے عاری سمجھا جاتا تھا۔ وہ کالج سے سٹور آجاتا اور رات کو گودام میں اِس آس پر بے سدھ سو جاتا کہ ایک دن وہ سویرا ہو گا جو تاریکی کو ہمیشہ کے لیے ختم کر دے گا اور بلی اُسے اپنے پنجوں سے جگا دیتی تاکہ وہ وقت پر اُسے کچھ کھلا سکے اور خود کالج جا سکے۔ یہی دور تھا جب اسے رفیق کا کارِ خاص ٹھہرا دیا گیا۔ رفیق اکثر اُس کی باتیں اپنی بیوی سے کرتا تھا جو پہلے حیران ہوتی اور ٹوہ لینے کی کوشش بھی کرتی تھی لیکن جب اُسے یقین ہو گیا کہ رفیق ہم جنس پرست نہیں تو وہ بھی شبیر کی مدد کرنے کے لیے حوصلہ افزائی کرنے لگی۔

شبیر کی قسمت اچھی تھی یا وہ بڑا ڈھیٹ تھا کہ ہار نہیں مانتا تھا۔ اِتنی ڈھٹائی کا کچھ نتیجہ تو نکلتا ہے۔۔۔ کبھی اچھا۔۔۔ کبھی برا۔۔۔ ایک دن وہ سٹور پر آیا تو اُس کے ہاتھ میں مٹھائی کے دو ڈبے تھے۔ ایک بڑا اور دوسرا چھوٹا۔۔۔ بڑا اُس نے رفیق کے آگے رکھا جسے وجہ پوچھتے ہوئے رفیق نے کھولا تو شبیر نے خوشی سے آنکھیں مٹکاتے ہوئے بتایا کہ وہ گریجوایٹ ہو گیا ہے۔ رفیق نے باقی ملازموں کو بلا کر شبیر کی کامیابی کا اعلان کیا اور مٹھائی بانٹی۔ چند منٹ پر مشتمل یہ پارٹی ختم ہوئی تو شبیر نے چھوٹا ڈبا رفیق کو گھر والوں کے لیے پکڑا دیا جس پر اُس نے حیرانی کے ساتھ دیکھا، کچھ سوچ کر شلوار کی جیب میں ہاتھ ڈالا اور ہزار ہزار کے چند نوٹ نکال کر شبیر کے ہاتھ میں تھما دیے جو اُس نے ناں ناں کرتے ہوئے لے لیے۔

رفیق کے سٹور میں دو سال بعد پھر مٹھائی بٹ رہی تھی۔ اب شبیر پوسٹ

گریجوایٹ ہو گیا تھا۔ اِس کے بعد بھی ایک بار مٹھائی تقسیم ہوئی تھی جب اُس نے بتایا کہ وہ ایک سرکاری ادارے میں ملازم ہو گیا ہے۔ اُس نے مسکراتے ہوئے کہا تھا۔

"سر جی! کبھی کاغذات کی تصدیق کروانی ہو تو میں خادم ہوں۔"

رفیق نے ملازموں کی موجودگی میں اپنی سیٹ سے اُٹھ کر اُسے گلے لگایا تھا اور شبیر کی آنکھوں سے نکلے کسیلے پانی نے رفیق کے کالر پر دو آنکھیں بنا دی تھیں جو شکریہ ادا کر رہی تھیں۔ رفیق کو خوشی تھی کہ اُس نے برسوں پہلے صحیح فیصلہ کیا تھا اور اس جشن منانے کے لیے ملازموں کو کوٹھی میں رات کے کھانے کی دعوت دی جس کے اختتام پر شبیر نے رفیق کو بتایا کہ اب وہ جلد کہیں کرائے پر کمرہ حاصل کر لے گا لیکن رفیق نے اسے کہا، " وہ جب تک چاہے، گودام میں رہ سکتا ہے۔ "

رات گئے جب شبیر قبرستان کی طرح خاموش بستی کی پُر رونق کوٹھی سے نکلنے لگا تو بے اختیار رفیق کے گلے لگ گیا اور اب کی بار شکر گزار آنکھوں کے ساتھ ساتھ مسکراتے ہونٹ بھی بنا دیے۔

اُس نے چند ہفتوں میں رہنے کے لیے ایک مکان ڈھونڈ نکالا جو سٹور کی پچھلی طرف بسی آبادی میں واقع تھا لیکن سامنے والی کالونی میں رہنے والے مالک مکان وہ گھر کرایہ پر دینے میں تامل تھا مگر رفیق کی ضمانت پر مان گیا۔

وہ اتوار کے روز سٹور پر چکر لگاتا اور ضرورت کی چیزیں خریدنے کے ساتھ کچھ دیر بیٹھ کر رفیق سے گپیں بھی ہانکتا تھا۔ رفیق نے اسے کئی بار کہا کہ دفتر سے واپسی پر اس کے پاس سٹور پر آجایا کرے لیکن وہ اتوار کے اتوار ہی آتا۔ ایک دن رفیق کی نگرانی میں ملازم سٹور بند کر رہے تھے کہ وہ نمودار ہو گیا۔ رفیق نے اُسے حیرانی سے دیکھا کہ آج اتوار نہیں تو یہ یہاں کیسے آگیا؟

"خیر تو ہے؟"

شبیر نے اثبات میں سر ہلانے پر اکتفا کیا اور رفیق کو ساتھ چلنے کے لیے کہا۔ جب سٹور بند ہو گیا اور ملازم اپنی اپنی راہ ہو لیے تو رفیق نے بھی سڑک پار کرنے کے لیے قدم اٹھایا لیکن اُس نے ہاتھ پکڑ کر پچھلی جانب جانے کا ارادہ ظاہر کیا تو رفیق اس کے ساتھ چپ چاپ چل پڑا۔

"سر جی! آپ کو یاد ہے کہ جب میں آپ سے پہلی بار ملا تھا؟"

"ہاں۔ اچھی طرح یاد ہے۔"

"اُس دن مَیں پہلی مرتبہ اس علاقے میں آیا تھا۔" شبیر نے اپنا گال کھجاتے ہوئے رفیق کو غور سے دیکھا اور دوبارہ گویا ہوا۔ "مجھے گرو نے بڑا برا بھلا کہا تھا۔ گروپ کے دوسرے لوگ بھی ناراض تھے۔ مَیں اُن پر بوجھ بن گیا تھا۔ اس لیے مَیں اِدھر آ گیا کہ چلو مانگ کر کچھ کھا لیتے ہیں۔۔۔ وہ کام ضرور کرنا ہے جو کرنے کو من نہیں کرتا لیکن مجبوری میں کرتا رہا۔" شبیر سانس لینے کو رکا تو رفیق نے جھٹ سے پوچھا۔

"یہ گرو کون تھا؟"

"وہ بس گرو تھا۔ یوں کہہ لیں کہ مائی باپ تھا۔ میٹرک اُسی نے کرایا تھا۔۔۔ پرائیویٹ۔۔۔ جس دِن نتیجہ نکلا تھا، اُسی روز میری ایسی تیسی کر دی اور میں نے گروپ چھوڑ دیا۔ اچھا بندہ تھا، بس کبھی کبھی پھر کی گھوم جاتی تھی اُس کی۔۔۔"

رفیق نے راکھ کریدنے کی کوشش کی، "تم نے کبھی اپنوں کے متعلق بتایا نہیں۔ ماں باپ، بہن بھائی؟"

"سر جی! آپ نے کبھی صحیح طرح پوچھا ہی نہیں تو بتاتا کیا؟"

وُہ چلتے چلتے رُک گیا اور اندھیرے میں آسمان کو تکنے لگا جہاں گھرے بادلوں نے

چاند کو چھپا دیا تھا اور بہت دُور اِک تارا اکیلا نظر آ رہا تھا۔ خبر نہیں وہ کب تک یونہی دوسرا تارا تلاشتا کہ رفیق نے کندھے پر ہاتھ رکھا تو اُس نے کہا، "ہوں۔۔۔ سر جی! آج سن لیں۔ میں چھوٹا سا تھا جب گلی میں کھیلتے ہوئے اغوا ہو گیا۔ گرو کہتا تھا میں اغوا نہ بھی ہوتا تو میرے گھر والے ہی مجھے کسی کو دے دیتے۔ بھلا وہ کیسے کسی کو دے دیتے۔ گرو کو مجھ میں پہلے سے کسی کمی کا یقین تھا مگر مجھے لگتا ہے کہ ہماری گلی میں بے سرا گا کر۔۔۔ بے ڈھنگا ناچ کر پیسے اکٹھے کرنے والے گرو نے مجھ میں کوئی خرابی ڈالی تھی۔ شبیر سے شبانہ کیا تھا۔" اُس نے گہری سانس لی اور دوبارہ بولا۔

"کئی سال بعد جب گھر لوٹا تو مَیں، مَیں نہ رہا تھا، انسان نما بن چکا تھا اور موت کے گولے کے گرد ناچ ناچ کر پیسے کمانا میرا پیشہ ہو چکا تھا۔ میرے ابا۔۔۔ ابا مر چکے تھے اور۔۔۔ ابا سے پہلے ماں کب کی دم توڑ چکی تھی۔ گھر میں ایک عورت تھی جسے میری سوتیلی ماں بتایا گیا۔ دوسری عورت میری سگی بہن تھی۔ وُہ۔۔۔ ہاں وہ میری بہن تھی۔ بڑا روئی تھی گلے لگ کر۔۔۔ میں بھی رویا تھا جی۔۔۔ ہائے۔۔۔ کتنا رویا تھا میں۔۔۔" شبیر پر خاموشی چند لمحوں کے لیے طاری رہی اور وہ خالی ہاتھوں کی ہتھیلیاں باہم رگڑ کر حرارت سے قوت کشید کرتے ہوئے بولا۔

"اُس کی دو مہینے بعد شادی ہو گئی۔ یہ دو مہینے بھی میں گھر میں نہیں رہا تھا۔ سوتیلی ماں نے رہنے ہی نہیں دیا تھا لیکن ان دو مہینوں میں مَیں نے زیادہ سے زیادہ پیسے بنانے کی کوشش کی۔ گرو سے بھی ترلے کر کے کافی رقم لی اور جہیز بنا کر دیا۔ جب میں نے روپوں کی تھیلی اسے پکڑائی تھی، وہ بڑا روئی تھی۔۔۔"

"تو جس دن گرو نے تمہیں نکال دیا تھا۔ تم اُس کے پاس چلے جاتے۔" رفیق نے بات کاٹی تو وہ بولا، "نکالا نہیں تھا، سر جی۔ میں نے اُسے چھوڑا تھا۔ بہن کے پاس کیسے جاتا؟

شادی کے بعد تین بار گیا تھا۔ ہر دفعہ کچھ نہ کچھ لے کر گیا۔ تیسری بار سونے کا ہار لے کر گیاتو اس نے منع کر دیا۔ کہتی تھی، نہ آیا کرو، میری بے عزتی ہوتی ہے۔"

رفیق سوچ میں ڈوب گیا لیکن شبیر نے اپنی بات جاری رکھی۔ "وہ دن اور آج کا دن۔۔۔ کبھی ماں جائی کا چہرہ تک نہیں دیکھا۔ سکھی ہو گی۔ وہ کھاتے پیتے لوگ تھے۔"

"تو اپنے ابا کے گھر چلے جاتے۔ تم وارث تھے۔"

"وہاں اور بھی کئی وارث تھے۔ میری دال کیا گلتی؟"

اُس نے غم اور غصے کا مرکب قہقہہ لگایا۔۔۔ چند خاموش ساعتوں کے بعد ایک تان اُٹھائی اور سب سے بے پرواہو کر سُروں میں الفاظ ڈھالنے لگا۔

نی مائے! سانوں کھیڈن دے، میرا اوَت کھیڈن کون آسی
ایہہ جگ جھوٹا، دنیا فانی، ایویں گئی میری اَہل جوانی
غفلت نال میری عمر وِہائی، جو لکھیا سو اِسی ہوسی
شاہ حسینؒ فقیر رَبانا، سو ہوسی جو رَبّ دا بھانا
اوڑک اِیتھوں اوتھے جانا، اُس ویلے نُوں پچھوتاسی
نی مائے! سانوں کھیڈن دے، میرا اوَت کھیڈن کون آسی

رفیق جذب کے عالم میں سنتا رہا اور معنی جانے بغیر سر دھنتا رہا اور جب آہ وزاری تھم گئی تو اُسے معلوم ہوا کہ اُس نے کچھ نہیں سنا اور اُس کا ذہن دوبارہ بے عزتی کی طرف مرکوز ہو گیا۔ شبیر پر خاموشی کے خول کا فائدہ اٹھاتے ہوئے وہ صورتِ احوال کی پیچیدگی کو سنجیدگی سے سمجھنے کی کوشش کرتا رہا جب تک ہم راہی نے اپنے لب نہ کھول لیے۔

"سر جی۔ مزے کی بات بتاؤں۔ جب میں ناچ کر گزارا کرتا تھا تب بے عزت تھا۔ اب میں سرکاری افسر لیکن بے عزت ہی ہوں۔"

"نہیں۔ یار۔ ایسے نہ کہو۔ سب تمہیں سر سر کہتے ہیں۔"

"نہیں۔ ایسی بات نہیں۔ مَیں اب اچھا لباس پہنتا ہوں لیکن لوگ مجھ سے اُسی طرح کَنی کتراتے ہیں جس طرح میری ماں جائی۔۔۔ لوگ میرے پاس آنے سے ڈرتے ہیں، اور جو آتے ہیں، اُن کے اِرادے نیک نہیں ہوتے۔"

"میں سمجھا نہیں۔ اِرادے تو گنتی کے لوگوں کے نیک ہوتے ہیں تو اس میں پریشانی کیا ہے؟" رفیق اُس گلی کی نکڑ پر رُک گیا جو شبیر کے گھر کو جاتی تھی اور بڑی سنجیدگی سے ہاتھ ہلا کر جواب طلب کیا۔

"سر جی! میں اُن ارادوں کی بات نہیں کر رہا جن کی آپ کر رہے ہیں۔ میں سمجھاتا ہوں۔ جب مَیں ناچتا تھا تو مجھے 'ایسا ویسا' سمجھا جاتا تھا اور اب تک 'ویسا' ہی مانا جاتا ہوں۔ دفتر میں ساتھی افسروں کا برتاؤ گزارے لائق ہونے کے باوجود ٹھیک نہیں ہوتا۔ مسئلے حل کرانے والوں کا رویہ بھی جو ہوتا ہے سو ہوتا ہے مگر وہ کام نکلوا کر واپس جاتے ہوئے کھسر پھسر کرتے چوری چوری مسکراتے ہیں اور آج کی بات سنیں۔ دفتر سے نکلا تو سوچا، پیدل گھر جاتا ہوں۔ ذرا ورزش ہو جائے گی۔ یہاں سے تھوڑی دور تھا کہ ایک کار میرے پاس آ کر رُکی اور اِس میں سے ایک بُرا سا منہ باہر نکلا جو پوچھ رہا تھا۔۔۔ کی پروگرام اے؟۔۔۔ اور یہ پہلی بار نہیں ہوا۔"

"تم پریشان نہ ہوا کرو۔ کوئی بات نہیں۔ آہستہ آہستہ سب کو پتا چل جائے گا۔" رفیق نے کمر تھپکتے ہوئے کہا تو وہ بولا، "آپ سے کبھی کسی نے پروگرام پوچھا ہے؟"

"نہیں۔" رفیق نے ترنت جواب دیا تو شبیر نے ہنسی میں کَرب چھپاتے ہوئے کہا، "پھر پریشانی والی بات تو ہے نا، سر جی۔"

رفیق نے اب کی بار کوئی سوال کیا نہ جواب دیا۔ اُس کے پاس کہنے کو کچھ نہیں بچا

تھا۔ وہ بس سوچ رہا تھا اور یونہی خیالوں میں کھویا اُس کے گھر پہنچ گیا۔ جب اُس نے کمرے کا دروازہ کھولا تو رفیق ہکا بکا رہ گیا۔ وہاں ایک اور مُنا انسان نما کرسی پر بیٹھا تھا جس نے دروازہ کھلنے پر ہاتھ میں پکڑی کتاب ایک طرف رکھ دی اور سلام لے کر چمکتی آنکھوں سے رفیق کو دیکھنے لگا۔ رفیق نے کچھ دیر ننھے کو اُسی طرح اوپر سے نیچے تک دیکھا جیسے شبیر کو برسوں پہلے گیٹ میں کھڑے جانچنے کی کوشش کر چکا تھا۔ پھر اس نے چھوٹے کے سر پر ہاتھ پھیرا اور بڑے کے گلے لگ گیا۔ اُس کی آنکھوں سے چند قطرے نکلے جسے شبیر نے خوشی کے آنسو سمجھا مگر رفیق کو اپنا وہ بھائی یاد آ رہا تھا جسے برسوں پہلے کسی نے اِنسان نُما جان کر استعمال کیا تھا اور وہ انسان سمجھے جانے کا انتظار کرتے کرتے کبھی نہ جاگنے کے لیے سو گیا تھا۔

Ref.: penslipsmagazine.com

***

کتبہ

غلام عباس

شہر سے کوئی ڈیڑھ دو میل کے فاصلے پر پُر فضا باغوں اور پھلواریوں میں گھری ہوئی قریب قریب ایک ہی وضع کی بنی ہوئی عمارتوں کا ایک سلسلہ ہے جو دُور تک پھیلتا چلا گیا ہے۔ عمارتوں میں کئی چھوٹے بڑے دفتر ہیں جن میں کم و بیش چار ہزار آدمی کام کرتے ہیں۔ دن کے وقت اس علاقے کی چہل پہل اور گہما گہمی عموماً کمروں کی چار دیواریوں ہی میں محدود رہتی ہے۔ مگر صبح کو ساڑھے دس بجے سے پہلے اور سہ پہر کو ساڑھے چار بجے کے بعد وہ سیدھی اور چوڑی چکلی سڑک جو شہر کے بڑے دروازے سے اس علاقے تک جاتی ہے، ایک ایسے دریا کا روپ دھار لیتی ہے جو پہاڑوں پر سے آیا ہوا، اور اپنے ساتھ بہت سا خس و خاشاک بہالایا ہو۔

گرمی کا زمانہ، سہ پہر کا وقت، سڑکوں پر درختوں کے سائے لمبے ہونے شروع ہو گئے تھے مگر ابھی تک زمین کی تپش کا یہ حال تھا کہ جُوتوں کے اندر تلوے جُھلسے جاتے تھے۔ ابھی ابھی ایک چھڑکاؤ گاڑی گزری تھی۔ سڑک پر جہاں جہاں پانی پڑا تھا بخارات اُٹھ رہے تھے۔

شریف حسین کلرک درجہ دوم، معمول سے کچھ سویرے دفتر سے نکلا اور اس بڑے پھاٹک کے باہر آکر کھڑا ہو گیا جہاں سے تانگے والے شہر کی سواریاں لے جایا

کرتے تھے۔

گھر لوٹتے ہوئے آدھے راستے تک تانگے میں سوار ہو کر جانا ایک ایسا لُطف تھا جو اسے مہینے کے شروع کے صرف چار پانچ روز ہی ملا کرتا تھا اور آج کا دن بھی انہی مبارک دنوں میں سے ایک تھا۔ آج خلافِ معمول تنخواہ کے آٹھ روز بعد اس کی جیب میں پانچ روپے کا نوٹ اور کچھ آنے پیسے پڑے تھے۔ وجہ یہ تھی کہ اس کی بیوی مہینے کے شروع ہی میں بچوں کو لے کر میکے چلی گئی تھی اور گھر میں وہ اکیلا رہ گیا تھا۔ دن میں دفتر کے حلوائی سے دو چار پوریاں لے کر کھالی تھیں اور اوپر سے پانی پی کر پیٹ بھر لیا تھا۔ رات کو شہر کے کسی سستے سے ہوٹل میں جانے کی ٹھہرائی تھی۔ بس بے فکری ہی بے فکری تھی۔ گھر میں کچھ ایسا اثاثہ تھا نہیں جس کی رکھوالی کرنی پڑتی۔ اس لیے وہ آزاد تھا کہ جب چاہے گھر جائے اور چاہے تو ساری رات سڑکوں پر گھومتا رہے۔

تھوڑی دیر میں دفتروں سے کلرکوں کی ٹولیاں نکلنی شروع ہوئیں اور ان میں ٹائپسٹ ریکارڈ کیپر، ڈسپیچر، اکاؤنٹنٹ، ہیڈ کلرک، سپرنٹنڈنٹ غرض ادنیٰ و اعلیٰ ہر درجہ اور حیثیت کے کلرک تھے اور اسی لحاظ سے ان کی وضع قطع بھی ایک دوسرے سے جُدا تھی۔ مگر بعض ٹائپ خاص طور پر نمایاں تھے۔ سائیکل سوار آدھی آستینوں کی قمیص، خاکی زین کے نیکر اور چپل پہنے، سر پر سولا ہیٹ رکھے، کلائی پر گھڑی باندھے، رنگدار چشمہ لگائے، بڑی بڑی توندوں والے بابو چھاتا کھولے، منہ میں بیڑی، بغلوں میں فائلوں کے گٹھے دبائے۔ ان فائلوں کو وہ قریب قریب ہر روز اس امید میں ساتھ لے جاتے کہ جو گُتھیاں وہ دفتر کے غل غپاڑے میں نہیں سُلجھا سکے۔ ممکن ہے گھر کی یکسوئی میں ان کا کوئی حل سُوجھ جائے مگر گھر پہنچتے ہی وہ گرہستی کاموں میں ایسے الجھ جاتے کہ انہیں دیکھنے تک کا موقع نہ ملتا اور اگلے روز انہیں یہ مفت کا بوجھ جوں کا توں واپس لے آنا پڑتا۔

بعض منچلے تانگے، سائیکل اور چھاتے سے بے نیاز، ٹوپی ہاتھ میں، کوٹ کاندھے پر، گریبان کُھلا ہوا جسے بٹن ٹوٹ جانے پر انہوں نے سیفٹی پن سے بند کرنے کی کوشش کی تھی اور جس کے نیچے سے چھاتی کے گھنے بال پسینے میں تربتر نظر آتے تھے۔ نئے رنگروٹ سستے، سلے سلائے ڈھیلے ڈھالے بد قطع سوٹ پہنے اس گرمی کے عالم میں واسکٹ اور نکٹائی کالر تک سے لیس، کوٹ کی بالائی جیب میں دو دو تین تین فونٹین پن اور پنسلیں لگائے خراماں خراماں چلے آرہے تھے۔

گو ان میں سے زیادہ تر کلرکوں کی مادری زبان ایک ہی تھی مگر وہ لہجہ بگاڑ بگاڑ کر غیر زبان میں باتیں کرنے پر تلے ہوئے تھے۔ اس کی وجہ وہ طمانیت نہ تھی جو کسی غیر زبان پر قدرت حاصل ہونے پر اس میں باتیں کرنے پر اکساتی ہے بلکہ یہ کہ انہیں دفتر میں دن بھر اپنے افسروں سے اسی غیر زبان میں بولنا پڑتا تھا اور اس وقت وہ باہم بات چیت کر کے اس کی مشق بہم پہنچا رہے تھے۔

ان کلرکوں میں ہر عمر کے لوگ تھے۔ ایسے کم عمر بھولے بھالے ناتجربہ کار بھی جن کی ابھی مسیں بھی پوری نہیں بھیگی تھیں اور جنہیں ابھی سکول سے نکلے تین مہینے بھی نہیں ہوئے تھے اور ایسے عمر رسیدہ جہاں دیدہ گھاگ بھی جن کی ناک پر سالہا سال عینک کے استعمال کے باعث گہرا نشان پڑ گیا تھا اور جنہیں اس سڑک کے اتار چڑھاؤ دیکھتے دیکھتے پچیس پچیس، تیس تیس برس ہو چکے تھے۔ بیشتر کارکنوں کی پیٹھ میں گدّی میں ذرا نیچے خم سا آگیا تھا اور کُند اُستروں سے متواتر داڑھی مونڈتے رہنے کے باعث ان کے گالوں اور ٹھوڑی پر بالوں میں جڑیں پھوٹ نکلی تھیں جنھوں نے بے شمار ننھی پھنسیوں کی شکل اختیار کر لی تھی۔

پیدل چلنے والوں میں بہتیرے لوگ بخوبی جانتے تھے کہ دفتر سے ان کے گھر کو جتنے

راستے جاتے ہیں ان کا فاصلہ کتنے ہزار قدم ہے۔ ہر شخص افسروں کو چڑچڑے پن یا ماتحتوں کی نالائقی پر نالاں نظر آتا تھا۔

ایک تانگے کی سواریوں میں ایک کی کمی دیکھ کر شریف حسین لپک کر اس میں سوار ہو گیا۔ تانگہ چلا اور تھوڑی دیر میں شہر کے دروازے کے قریب پہنچ کر رک گیا۔ شریف حسین نے اٹّنی نکال کر کوچوان کو دی اور گھر کے بجائے شہر کی جامع مسجد کی طرف چل پڑا، جس کی سیڑھیوں کے گرداگرد ہر روز شام کو کہنہ فروشوں اور سستا مال بیچنے والوں کی دکانیں سجا کرتی تھیں اور میلہ سا لگا کرتا تھا۔ دنیا بھر کی چیزیں اور ہر وضع اور ہر قماش کے لوگ یہاں ملتے تھے۔ اگر مقصد خرید و فروخت نہ ہو تو بھی یہاں اور لوگوں کو چیزیں خریدتے، مول تول کرتے دیکھنا بجائے خود ایک پُرلطف تماشا تھا۔

شریف حسین لیکچر باز حکیموں، سیناسیوں، تعویذ گنڈے بیچنے والے سیانوں اور کھڑے کھڑے تصویر اتار دینے والے فوٹو گرافروں کے جمگھٹوں کے پاس ایک ایک دو دو منٹ رکتا، سیر دیکھتا اس طرف جا نکلا جہاں کباڑیوں کی دکانیں تھیں۔ یہاں اسے مختلف قسم کی بے شمار چیزیں نظر آئیں۔ ان میں سے بعض ایسی تھیں جو اپنی اصلی حالت میں بلاشبہ صنعت کا اعلیٰ نمونہ ہوں گی مگر ان کباڑیوں کے ہاتھ پڑتے پڑتے یا تو ان کی صورت اس قدر مسخ ہو گئی تھی کہ پہچانی ہی نہ جاتی تھی یا ان کا کوئی حصہ ٹوٹ پھوٹ گیا ہوتا جس سے وہ بے کار ہو گئی تھیں۔ چینی کے ظروف اور گلدان، ٹیبل لیمپ، گھڑیاں، جلی ہوئی بیٹریاں، چوکھٹے، گراموفون کے کل پُرزے، جراحی کے آلات، ستار، بھس بھرا ہرن، پیتل کے لم ڈھینگ، بدھ کا نیم قد مجسمہ۔۔۔۔۔۔۔

ایک دکان پر اس کی نظر سنگِ مرمر کے ایک ٹکڑے پر پڑی جو معلوم ہوتا تھا کہ مغل بادشاہوں کے کسی مقبرے یا بارہ دری سے اکھاڑا گیا ہے۔ اس کا طول کوئی سوا فٹ

تھا اور عرض ایک فٹ۔ شریف حسین نے اس ٹکڑے کو اُٹھا کر دیکھا۔ یہ ٹکڑا ایسی نفاست سے تراشا گیا تھا کہ اس نے محض یہ دیکھنے کے لیے بھلا کباڑی اس کے کیا دام بتائے گا، قیمت دریافت کی۔

"تین روپے!" کباڑی نے اس کے دام کچھ زیادہ نہیں بتائے تھے مگر آخر اسے اس کی ضرورت ہی کیا تھی۔ اس نے ٹکڑا رکھ دیا اور چلنے لگا۔

"کیوں حضرت چل دیے؟ آپ بتائیے کیا دیجئے گا!"۔

وہ رُک گیا۔ اسے یہ ظاہر کرتے ہوئے شرم سی آئی کہ اسے اس چیز کی ضرورت نہ تھی اور اس نے محض اپنے شوقِ تحقیق کو پورا کرنے کے لیے قیمت پوچھی تھی۔ اس نے سوچا، دام اس قدر کم بتاؤ کہ جو کباڑی کو منظور نہ ہوں۔ کم از کم وہ اپنے دل میں یہ تو نہ کہے کہ یہ کوئی کنگلا ہے جو دکانداروں کا وقت ضائع اور اپنی حرص پوری کرنے آیا ہے۔

"ہم تو ایک روپیہ دیں گے"۔ یہ کہہ کر شریف حسین نے چاہا کہ جلد جلد قدم اٹھاتا ہو کباڑی کی نظروں سے اوجھل ہو جائے مگر اُس نے اس کی مہلت ہی نہ دی۔

"اجی سنیے تو، کچھ زیادہ نہیں دیں گے؟ سوا روپیہ بھی نہیں۔۔۔۔۔۔۔۔ اچھا لے جائیے"۔

شریف حسین کو اپنے آپ پر غصہ آیا کہ میں نے بارہ آنے کیوں نہ کہے۔ اب لوٹنے کے سوا کوئی چارہ ہی کیا تھا۔ قیمت ادا کرنے سے پہلے اس نے اس مرمریں ٹکڑے کو اُٹھا کر دوبارہ دیکھا بھالا کہ اگر ذرا سا بھی نقص نظر آئے تو اس سودے کو منسوخ کر دے۔ مگر وہ ٹکڑا بے عیب تھا۔ نہ جانے کباڑی نے اسے اس قدر سستا کیوں بیچنا قبول کیا تھا۔

رات کو جب وہ کھلے آسمان کے نیچے اپنے گھر کی چھت پر اکیلا بستر پر کروٹیں بدل رہا

تھا تو اس سنگِ مرمر کے ٹکڑے کا ایک مصرف اس کے ذہن میں آیا۔ خدا کے کارخانے عجیب ہیں۔ وہ بڑا غفور الرحیم ہے۔ کیا عجب اس کے دن پھر جائیں۔ وہ کلرک درجہ دوم سے ترقی کر کے سپرنٹنڈنٹ بن جائے اور اس کی تنخواہ چالیس سے بڑھ کر چار سو ہو جائے۔۔۔۔۔۔۔۔ یہ نہیں تو کم سے کم ہیڈ کلرک ہی سہی۔ پھر اسے ساجھے کے مکان میں رہنے کی ضرورت نہ رہے بلکہ وہ کوئی چھوٹا سا مکان لے لے اور اس مرمریں ٹکڑے پر اپنا نام کندہ کرا کے دروازے کے باہر نصب کر دے۔

مستقبل کی یہ خیالی تصویر اس کے ذہن پر کچھ اس طرح چھا گئی کہ یا تو وہ اس مرمریں ٹکڑے کو بالکل بے مصرف سمجھتا تھا یا اب اسے ایسا محسوس ہونے لگا گویا وہ ایک عرصے سے اس قسم کے ٹکڑے کی تلاش میں تھا اور اگر اسے نہ خریدتا تو بڑی بھول ہوتی۔

شروع شروع میں جب وہ ملازم ہوا تھا تو اس کا کام کرنے کو جوش اور ترقی کا ولولہ انتہا کو پہنچا ہوا تھا۔ مگر دو سال کی سعی لاحاصل کے بعد رفتہ رفتہ اس کا یہ جوش ٹھنڈا پڑ گیا اور مزاج میں سکون آ چلا تھا۔ مگر سنگِ مرمر کے ٹکڑے نے پھر اس کے خیالوں میں ہلچل ڈال دی۔ مستقبل کے متعلق طرح طرح کے خوش آئندہ خیالات ہر روز اس کے دماغ میں چکر لگانے لگے۔ اٹھتے بیٹھتے، سوتے جاگتے، دفتر جاتے، دفتر سے آتے، کوٹھیوں کے باہر لوگوں کے نام کے بورڈ دیکھ کر۔ یہاں تک کہ جب مہینہ ختم ہوا اور اسے تنخواہ ملی تو اس نے سب سے پہلا کام یہ کیا کہ سنگِ مرمر کے ٹکڑے کو شہر کے ایک مشہور سنگ تراش کے پاس لے گیا جس نے بہت چابکدستی سے اس پر اس کا نام کندہ کر کے کونوں میں چھوٹی چھوٹی خوشنما بیلیں بنا دیں۔

اس سنگِ مرمر کے ٹکڑے پر اپنا نام کُھدا ہوا دیکھ کر اسے ایک عجیب سی خوشی ہوئی۔ زندگی میں شاید یہ پہلا موقع تھا کہ اس نے اپنا نام اس قدر جلی حروف میں لکھا ہوا

دیکھا ہو۔

سنگ تراش کی دکان سے روانہ ہوا تو بازار میں کئی مرتبہ اس کا جی چاہا کہ کتبہ پر سے اس اخبار کو اتار ڈالے جس میں سنگ تراش نے اسے لپیٹ دیا تھا اور اس پر ایک نظر اور ڈال لے مگر ہر بار ایک نامعلوم حجاب جیسے اس کے ہاتھ پکڑ لیتا۔ شاید وہ راہ چلتوں کی نگاہوں سے ڈرتا کہ کہیں وہ اس کتبہ کو دیکھ کر اس کے ان خیالات کو نہ بھانپ جائیں جو پچھلے کئی دنوں سے دماغ پر مسلط تھے۔

گھر کی پہلی سیڑھی پر قدم رکھتے ہی اس نے اخبار اتار پھینکا اور نظریں کتبہ کی دلکش تحریر پر گاڑے دھیرے دھیرے سیڑھیاں چڑھنے لگا۔ بالائی منزل میں اپنے مکان کے دروازے کے سامنے پہنچ کر رُک گیا۔ جیب سے چابی نکالی، قفل کھولنے لگا۔ پچھلے دو برس میں آج پہلی مرتبہ اس پر یہ انکشاف ہوا کہ اس کے مکان کے باہر ایسی کوئی جگہ ہی نہیں کہ اس پر کوئی بورڈ لگایا جاسکے۔ اگر جگہ ہوتی بھی تو اس قسم کے کتبے وہاں تھوڑا ہی لگائے جاتے ہیں۔ ان کے لیے تو بڑا سا مکان چاہیے جس کے پھاٹک کے باہر لگایا جائے تو آتے جاتے کی نظر بھی پڑے۔۔۔۔۔۔۔۔

قفل کھول کر مکان کے اندر پہنچا اور سوچنے لگا کہ فی الحال اس کتبہ کو کہاں رکھوں، اس کے ایک حصہ مَکان میں دو کوٹھریاں، ایک غسل خانہ اور ایک باورچی خانہ تھا۔ الماری صرف ایک ہی کوٹھڑی میں تھی مگر اس کے کواڑ نہیں تھے بالآخر اس نے کتبہ کو اس بے کواڑ کی الماری میں رکھ دیا۔

ہر روز شام کو جب وہ دفتر سے تھکا ہارا واپس آتا تو سب سے پہلے اس کی نظر اس کتبہ ہی پر پڑتی۔ امیدیں اسے سبز باغ دکھاتیں اور دفتر کی مشقت کی تکان کسی قدر کم ہو جاتی۔ دفتر میں جب کبھی اس کا کوئی ساتھی کسی معاملے میں اس کی رہنمائی کا جویا ہوتا تو اپنی

برتری کے احساس سے اس کی آنکھیں چمک اٹھتیں جب کبھی کسی ساتھی کی ترقی کی خبر سنتا، آرزوئیں اس کے سینے میں ہیجان پیدا کر دیتیں۔ افسر کی ایک ایک نگاہ لطف و کرم کا نشہ اسے آٹھ آٹھ دن رہتا۔

جب تک اس کی بیوی بچے نہیں آئے وہ اپنے خیالوں ہی میں مگن رہا۔ نہ دوستوں سے ملتا نہ کھیل تماشوں میں حصہ لیتا، رات کو جلد ہی ہوٹل سے کھانا کھا کر گھر آجاتا اور سونے سے پہلے گھنٹوں عجیب عجیب خیالی دنیاؤں میں رہتا، مگر ان کے آنے کی دیر تھی کہ نہ تو وہ فراغت ہی رہی اور نہ وہ سکون ہی ملا۔ ایک بار پھر گرہستی کے فکروں نے اسے ایسا گھیر لیا کہ مستقبل کی یہ سہانی تصویریں رفتہ رفتہ دھندلی پڑ گئیں۔

کتبہ سال بھر تک اسی بے کواڑ کی الماری میں پڑا رہا۔ اس عرصے میں اس نے نہایت محنت سے کام کیا۔ اپنے افسروں کو خوش رکھنے کی انتہائی کوشش کی مگر اس کی حالت میں کوئی تبدیلی نہ ہوئی۔

اب اس کے بیٹے کی عمر چار برس کی ہو گئی تھی اور اس کا ہاتھ اس بے کواڑ کی الماری تک بخوبی پہنچ جاتا تھا۔ شریف حسین نے اس خیال سے کہ کہیں اس کا بیٹا کتبہ کو گرا نہ دے اسے وہاں سے اٹھالیا اور اپنے صندوق میں کپڑوں کے نیچے رکھ دیا۔

ساری سردیاں یہ کتبہ اس صندوق ہی میں پڑا رہا۔ جب گرمی کا موسم آیا تو اس کی بیوی کو اس کے صندوق سے فالتو چیزوں کو نکالنا پڑا۔ چنانچہ دوسری چیزوں کے ساتھ بیوی نے کتبہ بھی نکال کر کاٹھ کے اس پرانے بکس میں ڈال دیا جس میں ٹوٹے ہوئے چوکھٹے بے بال کے برش، بیکار صابن دانیاں، ٹوٹے ہوئے کھلونے اور ایسی ہی اور دوسری چیزیں پڑی رہتی تھی۔

شریف حسین نے اپنے مستقبل کے متعلق زیادہ سوچنا شروع کر دیا تھا۔ دفتروں

کے رنگ ڈھنگ دیکھ کر وہ اس نتیجہ پر پہنچ گیا کہ ترقی لطیفہ غیبی سے نصیب ہوتی ہے، کڑی محنت جھیلنے اور جان کھپانے سے کچھ حاصل نہ ہو گا۔ اس کی تنخواہ میں ہر دوسرے برس تین روپے کا اضافہ ہو جاتا جس سے بچوں کی تعلیم وغیرہ کا خرچ نکل آتا اور اسے زیادہ تنگی نہ اٹھانی پڑتی، پے درپے مایوسیوں کے بعد جب اس کو ملازمت کرتے بارہ برس ہو چکے تھے اور اس کے دل سے رفتہ رفتہ ترقی کے تمام ولولے نکل چکے تھے اور کتبہ کی یاد تک ذہن سے محو ہو چکی تھی تو اس کے افسروں نے اس کی دیانت داری اور پرانی کار گزاری کا خیال کر کے اسے تین مہینے کے لیے عارضی طور پر درجہ اوّل کے ایک کلرک کی جگہ دے دی جو چھٹی پر جانا چاہتا تھا۔

جس روز اسے یہ عہدہ ملا اس کی خوشی کی انتہا نہ رہی۔ اس نے تانگے کا بھی انتظار نہ کیا بلکہ تیز تیز قدم اٹھاتا ہوا پیدل ہی بیوی کو یہ مژدہ سنانے چل دیا۔ شاید تانگہ اسے کچھ زیادہ جلدی گھر نہ پہنچا سکتا!

اگلے مہینے اس نے نیلام گھر سے ایک سستی سی لکھنے کی میز اور ایک گھومنے والی کرسی خریدی، میز کے آتے ہی اسے پھر کتبہ کی یاد آئی اور اس کے ساتھ ہی اس کی سوئی ہوئی امنگیں جاگ اٹھیں۔ اس نے ڈھونڈ ڈھانڈ کے کاٹھ کی پیٹی میں سے کتبہ نکالا، صابن سے دھویا پونچھا اور دیوار کے سہارے میز پر ٹکا دیا۔

یہ زمانہ اس کے لیے بہت کٹھن تھا کیونکہ وہ اپنے افسروں کو اپنی برتر کار گزاری دکھانے کے لیے چھٹی پر گئے ہوئے کلرک سے دُگنا کام کرتا۔ اپنے ماتحتوں کو خوش رکھنے کے لیے بہت سا ان کا کام بھی کر دیتا۔ گھر پر آدھی رات تک فائلوں میں غرق رہتا۔ پھر بھی وہ خوش تھا۔ ہاں جب کبھی اسے اس کلرک کی واپسی کا خیال آتا تو اس کے دل بجھ سا جاتا کبھی کبھی وہ سوچتا، ممکن ہے وہ اپنی چھٹی کی میعاد بڑھوا

لے۔۔۔۔۔۔۔۔ ممکن ہے وہ بیمار پڑ جائے۔۔۔۔۔۔۔۔ ممکن ہے وہ کبھی نہ آئے

۔۔۔۔۔۔۔

مگر جب تین مہینے گزرے تو نہ اس کلرک نے چھُٹی کی میعاد ہی بڑھوائی اور نہ بیماری پڑا، البتہ شریف حسین کو اپنی جگہ پر آجانا پڑا۔

اس کے بعد جو دن گزرے، وہ اس کے لیے بڑی مایوسی اور افسردگی کے تھے۔ تھوڑی سی خوشحالی کی جھلک دیکھ لینے کے بعد اب اسے اپنی حالت پہلے سے بھی زیادہ ابتر معلوم ہونے لگی تھی۔ اس کا جی کام میں مطلق نہ لگتا تھا۔ مزاج میں آلکس اور حرکات میں سُستی سی پیدا ہونے لگی، ہر وقت بیزار بیزار سا رہتا۔ نہ کبھی ہنستا، نہ کسی سے بولتا چالتا مگر یہ کیفیت چند دن سے زیادہ نہ رہی۔ افسروں کے تیور جلد ہی اسے راہِ راست پر لے آئے۔

اب اس کا بڑا لڑکا چھٹی میں پڑھتا تھا اور چھوٹا چوتھی میں اور منجھلی لڑکی ماں سے قرآن مجید پڑھتی، سینا پرونا سیکھتی اور گھر کے کام کاج میں اس کا ہاتھ بٹاتی۔ باپ کی میز کرسی پر بڑے لڑکے نے قبضہ جما لیا۔ وہاں بیٹھ کر وہ اسکول کا کام کیا کرتا۔ چونکہ میز کے ہلنے سے کتبہ گر جانے کا خدشہ رہتا تھا اور پھر اس نے میز کی بہت سی جگہ بھی گھیر رکھی تھی۔ اس لیے اس لڑکے نے اسے اٹھا کر پھر اسی بے کواڑ کی الماری میں رکھ دیا۔

سال پر سال گزرتے گئے۔ اس عرصہ میں کتبہ نے کئی جگہیں بدلیں، کبھی بے کواڑ کی الماری میں تو کبھی میز پر۔ کبھی صندوقوں کے اوپر تو کبھی چارپائی کے نیچے۔ کبھی بوری میں تو کبھی کاٹھ کے بکس میں۔ ایک دفعہ کسی نے اٹھا کر باورچی خانے کے اس بڑے طاق میں رکھ دیا جس میں روزمرہ کے استعمال کے برتن رکھے رہتے تھے۔ شریف حسین کی نظر پڑ گئی، دیکھا تو دھوئیں سے اس کا سفید رنگ پیلا پڑ جاتا تھا، اٹھا کر دھویا پونچھا اور پھر

بے کواڑ کی الماری میں رکھ دیا مگر چند ہی روز میں اسے پھر غائب کر دیا گیا اور اس کی جگہ وہاں کاغذی پھولوں کے بڑے بڑے گملے رکھ دیے گئے جو شریف حسین کے بڑے بیٹے کے کسی دوست نے اسے تحفے میں دیے تھے۔ رنگ پیلا پڑ جانے سے کتبہ الماری میں رکھا ہوا بد نما معلوم ہوتا تھا مگر اب کاغذی پھولوں کے سرخ سرخ رنگوں سے الماری میں جیسے جان پڑ گئی تھی اور ساری کوٹھڑی دہک اٹھی تھی۔

اب شریف حسین کو ملازم ہوئے پورے بیس سال گزر چکے تھے۔ اس کے سر کے بال نصف سے زیادہ سفید ہو چکے تھے اور پیٹھ میں گدّی سے ذرا نیچے خم آگیا تھا۔ اب بھی کبھی کبھی اس کے دماغ میں خوشحالی و فارغ البالی کے خیالات چکر لگاتے مگر اب ان کی کیفیت پہلے کی سی نہ تھی کہ خواہ وہ کوئی کام کر رہا ہو۔ تصورات کو اُڑا لے جاتی اور پھر بیٹی کی شادی، لڑکوں کی تعلیم، اس کے بڑھتے ہوئے اخراجات، پھر ساتھ ہی ساتھ ان کے لیے نوکریوں کی تلاش۔۔۔۔۔۔۔۔ یہ ایسی فکریں نہ تھیں کہ پل بھر کو بھی اس خیال کو کسی اور طرف بھٹکنے دیتیں۔

پچپن برس کی عمر میں اسے پنشن مل گئی۔ اب اس کا بیٹا ریل کے مال گودام میں کام کرتا تھا۔ چھوٹا کسی دفتر میں ٹائپسٹ تھا اور اس سے چھوٹا انٹرنس میں پڑھتا تھا۔ اپنی پنشن اور لڑکوں کی تنخواہیں سب مل ملا کے کوئی ڈیڑھ سو روپے ماہوار کے لگ بھگ آمدنی ہو جاتی تھی جس میں بخوبی گزر ہونے لگی۔ علاوہ ازیں اس کا ارادہ کوئی چھوٹا موٹا بیوپار شروع کرنے کا بھی تھا مگر مندے کے ڈر سے ابھی پورا نہ ہو سکا تھا۔

اپنی کفایت شعاری اور بیوی کی سلیقہ مندی کی بدولت اس نے بڑے بیٹے اور بیٹی کی شادیاں خاصی دھوم دھام سے کر دی تھیں۔ ان ضروری کاموں سے نمٹ کر اس کے جی میں آئی کہ حج کر آئے مگر اس کی توفیق نہ ہو سکی۔ البتہ کچھ دنوں مسجدوں کی رونق خوب

بڑھائی مگر پھر جلد ہی بڑھاپے کی کمزوریوں اور بیماریوں نے دبانا شروع کر دیا اور زیادہ تر چارپائی ہی پر پڑا رہنے لگا۔

جب اسے پنشن وصول کرتے تین سال گزر گئے تو جاڑے کی ایک رات کو وہ کسی کام سے بستر سے اٹھا۔ گرم گرم لحاف سے نکلا تھا۔ پچھلے پہر کی سرد اور تند ہوا تیر کی طرح اس کے سینے میں لگی اور اسے نمونیا ہو گیا۔ بیٹوں نے اس کے بہتیرے علاج معالجے کرائے۔ اس کی بیوی اور بہو دن رات اس کی پٹی سے لگی بیٹھی رہیں مگر افاقہ نہ ہوا وہ کوئی چار دن بستر پر پڑے رہنے کے بعد مر گیا۔

اس کی موت کے بعد اس کا بڑا بیٹا مکان کی صفائی کرا رہا تھا کہ پرانے اسباب کا جائزہ لیتے ہوئے ایک بوری میں اسے یہ کتبہ مل گیا۔ بیٹے کو باپ سے بے حد محبت تھی، کتبہ پر باپ کا نام دیکھ کر اس کی آنکھوں میں بے اختیار آنسو بھر آئے اور وہ دیر تک ایک محویت کے عالم میں اس کی خطاطی اور نقش و نگار کو دیکھتا رہا۔ اچانک اسے ایک بات سوجھی جس نے اس کی آنکھوں میں چمک پیدا کر دی۔

اگلے روز وہ کتبہ کو ایک سنگ تراش کے پاس لے گیا اور اس سے کتبہ کی عبارت میں تھوڑی سی ترمیم کرائی اور پھر اسی شام اسے اپنے باپ کی قبر پر نصب کر دیا۔

Ref.: urduchannel.in

***

ٹیلی گرام

جوگندر پال

پچھلے بارہ برس سے شیام بابو تار گھر میں کام کر رہا ہے، لیکن ابھی تک یہ بات اس کی سمجھ میں نہیں آئی کہ یہ بے حساب الفاظ برقی تاروں میں اپنی اپنی پوزیشن میں جوں کے توں کیوں کر بھاگتے رہتے ہیں، کبھی بدحواس ہو کر ٹکرا کیوں نہیں جاتے؟ ٹکرا جائیں تو لاکھوں کروڑوں ٹکراتے ہی دم توڑ دیں اور باقی کے لاکھوں کروڑوں کی قطاریں ٹوٹ جائیں تو وہ اپنی سمجھ بوجھ سے نئے رشتوں میں منسلک ہو کر کچھ اس حالت میں ری سیونگ سٹیشنوں پر پہنچیں "بیٹے نے ماں کو جنم دیا ہے سٹاپ مبارک باد!" یا "چوروں نے قانون کو گرفتار کر لیا ہے۔" یا "افسوس کہ زندہ بچہ پیدا ہوا ہے۔" یا ہاں اس میں کیا مضائقہ ہے؟ شیام بابو مشین کی طرح بے لاگ ہو کر میکانکی انداز میں برقی پیغامات کے کوڈ کو رومن حروف میں لکھتا جا رہا ہے لیکن اس مشین کے اندر ہی اندر ان بوکھلائی ہوئی انسانی سوچوں کا تالاب بھر رہا ہے کیا مضائقہ ہے؟ جیسی زندگی، ویسے پیغام "کرتا ہوں سٹاپ کشور" اس نے کسی کشور کے تار کے کوڈ کے آخری الفاظ کاغذ پر اتار لئے ہیں اور وہ اس بات سے بر آمد ہوتے ہوئے ایک ایک لفظ کو قلم بند کرتا جائے۔ سوچنا سمجھنا اس کا کام ہے جس کے نام پیغام موصول ہوا جب دھیرج کو کوئی پکارے تو آواز کو تو سارا ہجوم سن لیتا ہے لیکن صرف دھیرج ہی مڑ کر دیکھتا ہے کہ کیا ہے خلاف معمول نہ معلوم کیا سوچ کر شیام بابو تار

کا مضمون پڑھنے لگا ہے "شادی روک لو سٹاپ۔ میں تم سے بے انتہا محبت کرتا ہوں سٹاپ کشور۔" وہ ہنس پڑا ہے وہ دوسرے ہنگامے میں۔ بے چارہ تھوڑی سی محبت کر کے باقی محبت کرنا بھول گیا ہو گا، مگر اب کوئی راہ نہیں سوجھ رہی ہے تو باقی سب کچھ چھوڑ چھاڑ کر محبت ہی محبت کئے جانے کا اعلان کر رہا ہے۔ محبت ہی محبت کرنے سے کیا ہوتا ہے بے بی؟ طلاق، ڈارلنگ! طلاق ہو جائے مگر محبت قائم رہے۔

اور۔ شیام بابو ایک اور تار کا یہ مضمون پڑھنے لگا ہے آپ کی باپ کی موت کی خبر پا کر مجھے بے حد دکھ ہوا ہے شیام بابو پھر ہنس دیا ہے۔ میں آپ کو یقین دلاتا ہوں، اپنے باپ کی موت پر مجھے اتنا افسوس ہوا ہے کہ لفظوں میں بیان نہیں کر سکتا۔

تو کیوں کر رہے ہو بھائی؟"\ تا کہ میرا رونا نکل آئے۔ آیئے، آپ بھی میرے ساتھ رویئے۔

سمجھ میں نہیں آ رہا ہے کہ بندروں کو چپ کیسے کرایا جائے۔ سب کے سب روتے ہی چلے جا رہے ہیں۔

ارے بھائی، کیوں رو رہے ہو؟

مجھے کیا پتہ؟ اس سے پوچھو۔

تم ہی بتا دو بھائی، کیوں رو رہے ہو؟

مجھے کیا پتہ؟ اس سے پوچھو۔

تم؟" مجھے کیا پتہ؟

تم تو آخری بندر ہو بھائی بتاؤ، کیوں رو رہے ہو؟"\ بس یوں ہی سوچا کہ ذرا فرصت میسر آئی ہے تو ایک بار جی جان سے رو لوں۔ میرا ایک کام کیجئے۔ آپ کو زحمت تو ہو گی، مگر میرے رونے کو کسی تگڑی سی الم ناک خبر میں پیش کرنے کے لئے ایک ارجنٹ ٹیلی

گرام کا ڈرافٹ تیار کر دیجئے۔ لکھئے میری ماں مر گئی ہے ٹھہریئے، وہ تو غریب اسی روز مر گئی تھی جب بیوہ ہوئی تھی۔ اس دن سے ہم نے اس کی طرف دھیان ہی نہیں دیا لکھئے! میرا بھائی مر گیا ہے ہاں، یہی لکھئے مگر نہیں، سب کو معلوم ہے کہ ہماری آپس میں بالکل نہیں بنتی میری بہن نہیں، وہ تو پہلے ہی مر چکی ہے میں ارے ہاں! یہی لکھئے، میں ہی مر گیا ہوں۔ مجھے سب کو فوری طور پر خبر کرنا ہے کہ میں ہی مر گیا ہوں۔

مبارک باد پیش کرتا ہوں سٹاپ شیام بابو کے خود کار قلم نے جلدی جلدی لکھا اور وہ اپنی تحریر سے بے خبر سا سوچ رہا ہے، مجھے دیکھ کر کون کہہ سکتا ہے کہ میں زندہ ہوں۔ میں زندہ ہوں تو یہ میز بھی زندہ ہے جس پر جھک کر میں اپنا کام کئے جا رہا ہوں۔ چونکہ یہ میز کھائے پیئے سوئے بغیر زندہ رہ سکتی ہے۔ اس لئے اس کی ڈیوٹی یہ ہے کہ ہمارے دفتر کے اس کمرے میں چوبیس گھنٹے خدمت بجا لانے کے لئے اپنی چاروں ٹانگوں پر کھڑی رہے اور مجھے چونکہ اپنی مشین کی ٹک ٹک کو بھی چلائے رکھنا ہوتا ہے اس لئے میرے لئے یہ آرڈر ہے کہ آٹھ گھنٹے یہاں ڈٹ کر کام کرو اور باقی وقت میں اپنی مشین کی دیکھ بھال کے سارے دھندے سنبھالو ہاں، یہی تو ہے۔ میں جیتا کہاں ہوں؟ دفتر میں تو صرف پروڈیکشن کا کام ہے۔ مشین چلنا بند ہو جائے تو پروڈیکشن پر برا اثر پڑے گا۔ اس لئے سارے دفتری ٹائم میں تو مشین یہاں چلتی رہتی ہے اور اس کے بعد مجھے ہر روز ساری مشین کو کھول کر صاف کرنا پڑتا ہے، اس کی آئیلنگ گریزنگ کرنا پڑتی ہے، اس کے ایک ایک ڈھیلے پرزے کو کسنا پڑتا ہے۔۔ اور یہ سارا کام بھی مجھے اکیلے ہی انجام دینا ہوتا ہے۔

پچھلے ساڑھے سات برس سے، جب سے شیام بابو کی شادی ہوئی ہے، اس کی بیوی وہیں اپنے ماں باپ کے گاؤں میں ان ہی کے ساتھ رہ رہی ہے۔ شادی کے موقع پر وہ اس کی ڈولی اٹھوا کر گاؤں سے باہر تو لے آیا، لیکن پھر جب سمجھ میں نہ آیا کہ اسے کہاں لے

جائے تو ڈولی کا مونسہ واپس گاؤں کی طرف مڑ والیا یہ تم نے بہت اچھا کیا بیٹا اس کی ساس نے کہا تھا کہ ایک بار ہماری بیٹی کو گاؤں سے باہر لے گئے۔ کم سے کم رسم تو پوری ہو گئی۔ اب چاہو تو بے شک ساری عمر یہیں رہے۔ یہ گھر بھی تو اسی کا ہے لیکن اس کا کوئی اپنا گھر کیوں نہیں جہاں اسے وہ لے آتا تو اس میں بوئی ہوئی انسانیت کی آبیاری ہوتی رہتی۔

شروع شروع میں تو شیام بابو کی بے چینی کا یہ عالم تھا کہ سوتے میں بھی بیوی کے گاؤں کا رخ کئے ہوتا تم گھبراؤ نہیں سنیہ دتی۔ میں دن رات کرائے پر کوئی اچھا سا کمرہ لینے کی مہم میں جٹا ہوا ہوں۔ جیسے ہی کوئی مل گیا، تمہیں اسی دم یہاں لے آؤں گا مگر برا ہو اس بڑے شہر کا، جو اپنے چھوٹے دل میں ایک کے اوپر ایک کئی کمرے بنائے ہوئے ہے مگر اتنی اونچائی پر رہائش کے کرائے کے خیال سے اسے یہاں رہنے کی بجائے یہاں سے لڑھک کر خود کشی کی سوجھتی ہے۔ پورے ساڑھے سات برس اسی طرح گزر گئے ہیں۔ وہ میاں اور بیوی ساڑھے پانچ سو میل کے فاصلے پر وہاں۔ شیام بابو تین سو پینسٹھ دن تک اپنی بیس دن کی ارنڈ لیو کا انتظار کرتا رہتا اور وقت آنے پر گاڑیوں، بسوں اور تانگوں کو بدل بدل کر وہ گویا اپنے دو پیروں سے سرپٹ بھاگتے ہوئے وہاں جا پہنچتا اور اس کی خواہش اتنی شدید ہوتی کہ اپنی تیار بیٹھی ہوئی بیوی پر وہ بے اختیار کسی درندے کی طرح ٹوٹ پڑتا۔ ایک دو تین سال تک تو وہ ہر سال گیا، لیکن چوتھے سال عین چھٹی کے دنوں میں وہ بیمار ہو گیا، پھر پانچویں سال جو جانا ہوا تو اس کے بعد ڈھائی سال میں ایک بار بھی نہیں جا سکا۔ جو پیسے وہاں جانے میں ضائع ہوں گے۔ ان میں سے آدھے بھی منی آرڈر کرادوں گا تو بیسیوں کام نکال لے گی ہاں، اس کا ایک دو سالہ لڑکا بھی ہے جس کے بارے میں اس کی بیوی نے اسے لکھا تھا کہ وہ اسے اپنی پانچویں سال کی چھٹی پر اس کی کوکھ میں ڈال آیا تھا لیکن شیام بابو اپنا حساب کتاب کر کے اس نتیجے پر پہنچا تھا کہ اس کا بیٹا اس کا بیٹا نہیں۔ شاید

اسی وجہ سے ڈھائی سال کے اس عرصے میں وہ ایک بار بھی اس کے پاس نہیں گیا تھا لیکن اس سلسلے میں اس نے بیوی کو کبھی کچھ نہیں لکھا جو ہے سو ٹھیک ہے وہ بھی کیا کرے؟ اور میں بھی کیا کروں؟ کبھی اچھے دن آ گئے تو سب اپنے آپ ٹھیک ہو جائے گا۔

اسے اور اس کے ہمارے بچے کو اس کا ہوا تو ہم دونوں کا ہی ہوا یہیں اپنے پاس لے آؤں گا اور پھر ہم چین سے رہیں گے، بڑے چین سے رہیں گے۔

اس کے دفتر کا کوئی ساتھی اس کا کندھا جھٹک رہا ہے۔ مشین میں شاید کوئی نقص پیدا ہو گیا ہے اور وہ رکی پڑی ہے شیام بابو!

آں ں! شیام بابو نے ہڑبڑا کر اپنی آنکھیں کھول لی ہیں۔

طبیعت خراب ہے تو گھر چلے جاؤ۔

کون سا گھر؟ نہیں ٹھیک ہوں، یوں ہی ذرا اونگھنے لگا تھا ٹک ٹک ٹک! مشین پھر چلنے لگی ہے۔ تمہارے لئے پانی منگواؤں؟"

ارے بھائی، کہہ دیا نا، ٹھیک ہوں۔

اس کے ساتھی نے تعجب سے اس کے کام پر جھکے ہوئے سر کی طرف دیکھا ہے اور اپنے کام میں الجھ گیا ہے۔

شیام بابو کو اپنا جی اچانک بھرا بھرا سا لگنے لگا ہے۔ عام طور پر تو یہی ہوتا ہے کہ اسے اپنی خوشی کی خبر ہوتی ہے نہ اداسی کی۔ اسے بس جو بھی ہوتا ہے بے خبری میں ہی ہوتا ہے۔ اسے معلوم ہی نہیں ہوتا کہ وہ کیا کر رہا ہے اور یوں ہی سب کچھ بخوبی ہوتا چلا جاتا ہے۔ وہ بے خبر سا اپنے آپ دفتر میں آ پہنچتا ہے اور اسی حالت میں سارے دن قلم چلا چلا کر اپنے ٹھکانے پر لوٹ آتا ہے اور پھر دوسرے دن صبح کو عین ویسے کا ویسا ڈیوٹی پر آ بیٹھتا ہے۔ یعنی معلوم ہی نہیں ہوتا کہ وہ کون ہے، کیوں ہے، کیا ہے؟ کوئی ہو تو معلوم بھی ہو

اس دن تو حد ہو گئی؛ وہ یہاں اپنی سیٹ پر بیٹھا ہے اور اس کا باس یہاں اس کے قریب ہی کھڑا پوچھ رہا ہے، بھئی، شیام بابو آج کہاں ہے؟"\شیام بابو شیام بابو!شیام بابو یقینی طور پر اس کی آواز سن رہا ہے، مگر سن رہا ہے تو فوراً، جواب کیوں نہیں ہیں دیتا۔ س سر!ایسے بھولے بھٹکے چہرے شاید ہماری آنکھوں میں ٹھہرنے کی بجائے روحوں میں لڑھک جاتے ہیں۔ان سے مخاطب ہونا ہو تو اپنے ہی اندر ہو لو، اپنی ہی تھوڑی سے جان سے انہیں زندہ کر لو، ورنہ یہ تو جیسے ہیں ویسے ہی ہیں۔

گوشت کو رگوں میں خون دوڑنے کی اطلاع ملتی رہے تو یہ زندہ رہتا ہے، ورنہ بے خبری میں مٹی ہو جاتا ہے۔جب شیام بابو کی اپنی زندگی بے پیغام ہے تو اسے کیسے محسوس ہو کہ ٹیلی گراموں کے ٹیکسٹ برقی کوڈ کی اوٹ میں کھکھلا کر ہنس رہے ہیں، یا دھاڑیں مار مار کر رو رہے ہیں، یا تجسس سے اکڑے پڑے ہیں۔سوکھی مٹی کے دل پر آپ کچھ بھی لکھ دیجیئے، اسے اس سے کیا؟شیام بابو کو اس سے کیا، کہ کوئی کسے کیا پیغام بھیج رہا ہے؟اس کی قسمت میں تو کسی کا پیغام نہیں، محبت کا یا نفرت، خوشی یا غم کا اسے کیا؟ٹیلی گراموں کے گرم گرم ٹیکسٹ کا کوڈ اس کے ٹھنڈے قلم سولی سے لٹک کر سپاٹ سی صورت لئے کاغذ پر ڈھیر ہوتا رہتا ہے یہ لو، الفاظ تو نرے الفاظ ہیں، بس الفاظ ہیں، الفاظ کیوں ہنسیں یا روئیں گے؟ان کو پڑھ کے ہنسو، روؤ، یا جو بھی کرو، تم ہی کر و یہ لو!

لیکن اس وقت یہ ہے کہ شیام بابو کو اپنا جی ایک بار گی بہت بھرا بھرا لگنے لگا ہے۔ سوچوں کا تالاب شاید بھر بھر کے اس کے دل تک آ پہنچا ہے اور وہ انجانے میں تیرنے لگا ہے اور سوکھی مٹی میں جان پڑنے لگی ہے۔

سٹاپ میں بدیس سے لوٹ آیا ہوں سٹاپ اور عین اس وقت صاحب کے چپراسی نے اس کی آنکھوں کے نیچے ہیڈ آفس کا ایک لیٹر رکھ دیا ہے۔اس نے لیٹر پر نظر ڈالی ہے

اور پھر چونک کر خوشی سے کانپتے ہوئے اسے دوبارہ پڑھنے لگا ہے۔ اسے سرکاری طور پر اطلاع دی گئی ہے کہ تمہارے نام دو کمروں کا کوارٹر منظور ہو گیا ہے!

کیدار بابو جمیلکشن! ادھر دیکھو دوستو۔ دیکھو، میرا کیا لیٹر آیا ہے؟"

کیا کیا ہے؟

میرا کوارٹر منظور ہو گیا ہے!

تو کیا ہوا؟ ہائیں، کیا کہا کوارٹر منظور ہو گیا ہے؟! ہاں!

بہت اچھا! بہت اچھا! سب کے لئے چائے ہو جائے شیام بابو!

ارے چائے ہی کیا، کچھ ادھارے دے سکتے ہو تو جو چاہو منگوالو۔

ہاں، تم فکر نہ کرو۔ میں سارا بندوبست کئے دیتا ہوں یہ تو بہت ہی اچھا ہو گیا شیام بابو! راموادھر آؤ رامو، جاؤ ہوٹل والے کو بلالاؤ جاؤ اب بھابی کو کب لارہے ہو شیام بابو؟

آج چھٹی کی درخواست دے کر ہی جاؤں گا کیدار بابو! شیام بابو قصور میں اپنے کوارٹر میں بیٹھا کھانا کھا رہا ہے اور اس کے کندھوں پر اس کا لڑکا کھیل رہا ہے کیا نام ہے اس کا؟ دیکھو نا، دماغ پر زور ڈالے بغیر اپنے اکلوتے بچے کا اپنا ہی تو ہے نام بھی یاد نہیں آتا۔ کوئی بات نہیں شکر اور دودھ کھلتے ملتے ہی گاڑھے اور میٹھے ہو جاتے ہیں اری سن رہی ہو بھلی لوگ؟ اگلی چپاتی کب بھیجو گی؟ دفتر کے لئے دیر ہو رہی ہے۔

لو، شیام بابو، ہوٹل والا تو آگیا ہے بس ایک ایک چاٹ، ایک ایک گلاب جامن اور کیا؟ ایک ایک سموسہ چلے گا نا شیام بابو؟ لکھو ہمارا آرڈر بھائی پرنانند!

شیام بابو کو پتہ ہی نہیں چلا ہے کہ دفتر میں باقی سارا وقت کیسے بیت گیا ہے۔ وہاں سے اٹھنے سے پہلے اس نے سب ساتھیوں سے وعدہ کیا ہے کہ کل سویرے وہ ان سب کو ان کی بھابی کی تصویر دکھائے گا۔

اتنی بھولی ہے کہ ڈرتا ہوں اس شہر میں کیسے رہے گی۔

ڈرو مت شیام بابو۔ بھابی کو لانا ہے تو اب شیر ببر بن جاؤ۔

دفتر سے نکل کر تیز تیز قدم اٹھائے ہوئے شیام بابو چوراہے پر آگیا ہے اور پان اور سگریٹ لینے کے لئے رک گیا ہے اور پھر تمباکو والے پان کا لعاب حلق سے اتارتے ہوئے نتھنوں سے سگریٹ کا دھواں بکھیرتے ہوئے ہلکی ہلکی سردی میں حدت محسوس کرتے وہ بڑے اطمینان سے اپنے رہائش کے اڈے کی طرف ہولیا ایک چھوٹی سی کھولی جس میں مشکل سے ایک چارپائی آتی ہے۔ ابھی پچھلے ہی مہینے خان سیٹھ نے اسے دھمکی دی تھی۔ بھاڑے کے دس روپے بڑھاؤ، نہیں تو چلتے بنو ہاں!

چوہے کے اس بل کا کرایہ پہلے ہی پچاس روپے وصول کرتے ہو خان سیٹھ۔ اپنے خدا سے ڈرو!

لیکن خان سیٹھ نے اپنے خدا کو ڈرانے کے لئے ایک بھیانک قہقہہ لگایا بلی شریف نہ ہوتی بابو، تو بولو، کیا ہو جاتا؟ ساٹھ روپے، نہیں تو خالی کرو ہاں!

اسی مہینے خالی کر دوں گا اور سیٹھ سے کہوں گا، لو سنبھالو اپنی کھولی خان سیٹھ۔ تمہاری قبر کی پورے سائز کی ہے لو! نہیں جھگڑے وگڑے کا کیا فائدہ؟ چپکے سے اس کی کھولی اس کے حوالے کر کے اپنی راہ لوں گا۔

بس سٹاپ آگیا ہے اور بس بھی کھڑی ہے، لیکن بہت بھری ہوئی ہے۔ شیام بابو نے فیصلہ کر لیا ہے کہ وہ پیدل ہی جائے گا۔ یہاں سے تھوڑا ہی فاصلہ تو ہے اس کا سگریٹ جل جل کر انگلیوں تک آپہنچا ہے، لیکن ابھی اس کی خواہش نہیں مٹی ہے۔ اس نے ہاتھ کا ٹکڑا پھینک کر ایک اور سگریٹ سلگا لیا ہے ساوتری کو میری سگریٹ پینا بالکل پسند نہیں پیسے بھی جلاتے ہو اور پھیپھڑے بھی۔ اس سے تو اچھا ہے میرا ہی ایک سرا جلا کر دوسرے کو

ہونٹوں میں دبا لو اور دھواں چھوڑتے جاؤ! میرا مزہ کیا سگریٹ سے کم ہے؟ اری بھلی لوگ، ایک تمہارا ہی مزہ تو ہے۔ سگریٹ وگریٹ کی لت کو گولی مارو آؤ! اس نے خیال ہی خیال میں بیوی کو سینے سے لگا لیا ہے اور مخالف سمت سے آتی ہوئی ایک عورت سے ٹکرا گیا ہے، گویا اس کی ساوتری نے اس سے الگ ہونے کے لئے اپنے آپ کو جھٹکا ہو ارے! اس نے اندھے پن میں اپنا ہاتھ اس عورت کی طرف پھیلا دیا ہے۔

ایڈی اٹ! وہ عورت غصے سے پھنکارتی ہوئی آگے بڑھ گئی ہے اور شیام بابو شرمندہ ہو جانے کے باوجود خوش خوش ہے اور عورت کی پیٹھ کی طرف مونہہ لٹکا کر اس نے بہ آواز بلند کہا ہے۔ آئی ایم ساری میڈم لیکن اس عورت کی پھنکار پھر اس کے بند کانوں کے باہر ٹکرائی ہے۔ ایڈی اٹ!

شیام بابو اپنے ذہن کو جھاڑ رہا ہے اور اڑتی ہوئی گرد میں اس کی بیوی زور زور سے ہنس رہی ہے اور ٹکراؤ پرائی عورتوں سے! ایک میں ہوں جو بلا روک ٹوک ساری درازدستیاں سہہ لیتی ہوں۔ میں اور کی طرف ذرا نظر اٹھا کر دیکھوں کسی اور کی طرف ذرا نظر اٹھا کر تو دیکھوں کسی اور کی طرف دیکھنے کی مجھے ضرورت ہی کیا ہے؟ میرے لئے تو بس جو بھی ہو تم ہو شیام بابو نے اپنے آپ کو ڈانٹ کر کہا ہے نیں، تم نے اپنی بیوی کے ماتھے پر خواہ مخواہ کلنک کا ٹیکہ لگا رکھا ہے۔ تمہارا بچہ تمہارا ہی ہے اور اگر مان بھی لیں کہ وہ تمہارا نہیں، تو اس میں ساوتری کا کیا دوش؟ اس کا سارا سال تمہاری ارنڈلیو کے دس بیس روز کا تو نہیں چل سب ٹھیک ہے، میرا بچہ میرا ہی ہے ہمارے نیٹو کی آنکھیں اس کی طرح چھوٹی چھوٹی ہیں۔ ماتھ مجھ پر گیا ہے، مگر ناک میں بھی کیسا باپ ہوں کہ دو سال اوپر کا ہو لیا ہے مگر میں نے ابھی تک اسے ایک بار بھی نہیں دیکھا۔

پچھلے سال مجھے ایک چکر کاٹ آنا چاہئے تھا آج چھٹی کی درخواست دینا بھی بھول گیا

ہوں۔ اب کل پہلا کام یہی کروں گا اور اس ہفتے کے آخر میں یہاں سے نکل جاؤں گا ساوتری کو چٹھی بھی نہ لکھوں گا اور اچانک اس کے سامنے جا کھڑا ہوں گا ساوتری! اور وہ آنکھیں مل مل کر میری طرف دیکھتی رہ جائے گی ساوتری وہ رو دے گی یہ مجھے کس کی آواز سنائی دی ہے۔ ہائے اب تو اٹھتے بیٹھتے تمہاری ہی صورت دکھائی دیتی ہے نیٹو کے باپو۔ اب تو آ جاؤ! میں آگے بڑھ کر اسے گلے لگا لوں گا اور وہ میرے بازوؤں میں بے ہوش ہو جائے گی۔ ساوتری! ساتری! اپنی کھولی کے سامنے پہنچ کر اس نے بے اختیار اپنی بیوی کا نام پکارا ہے لیکن وہاں اس کے تار گھر کے رامو نے آگے بڑھ کر اسے جواب دیا ہے بابو جی؟"

ارے رامو، تم! کیسے آئے؟ شیام بابو اپنے حواس درست کر رہا ہے۔ بابو جی! رامو کی آواز بھاری ہے اور وہ بولتے ہوئے تامل برت رہا ہے۔

اتنے اکھڑے اکھڑے کیوں ہو؟ بولو نا!

آپ کا تار لایا ہوں۔

میرا تار؟" ہاں بابو جی، یہ تار آپ کے ہاتھ سے ہی لکھا ہوا ہے، مگر آپ کا دھیان ہی نہیں گیا کہ آپ کا ہے۔ تار کا لفافہ ایک طرف سے کھلا ہے لیکن شیام بابو اسے دوسری طرف سے چاک کر رہا ہے۔ ڈسپیچ والے کشن سنگھ کو بھی خیال نہ آیا شیام بابو، کہ یہ تار آپ کا ہے۔ شیام بابو نے تار کا فارم کھول کر دونوں ہاتھوں سے اپنی آنکھوں کے سامنے فٹ کر لیا ہے۔

مجھے بھی آدھا راستہ طے کر کے اچانک خیال آیا بابو جی، ارے، یہ تار تو اپنے بابو جی کا ہے میں اسے پڑھ چکا ہوں۔ بہت افسوس ہے کہ ساوتری نے خودکشی کر لی ہے سٹاپ

Ref.: urduchannel.in

***

الوداع ماں

البیئر کامو / قاسم ندیم

ماں کا آج انتقال ہو گیا یا شاید کل ہوا ہو، کہہ نہیں سکتا۔ اولڈ ایج ہوم سے ٹیلی گرام آیا اس میں لکھا تھا، "آپ کی والدہ چل بسیں، آخری رسومات کل ادا کی جائیں گی۔ اس دکھ کی گھڑی میں آپ سے گہری ہمدردی ہے۔" اس سے کچھ پتہ نہیں چلتا، ہو سکتا ہے یہ کل ہوا ہو۔

اولڈ ایج ہوم مورنگو میں ہے۔ الجیئرس سے تقریباً پچاس میل دور، دو بجے کی بس سے میں رات سے قبل پہنچ جاؤں گا، پھر رات وہاں گزار سکتا ہوں۔ تابوت کے پاس رَت جگے کی رسم کے لیے پھر کل شام تک واپس، میں نے اپنے مالک سے دو دن کی چھٹی کی بات کر لی ہے۔ ظاہر ہے ایسے حالات میں وہ منع نہیں کر سکتا تھا۔ پھر بھی مجھے محسوس ہوا کہ وہ غصے میں ہے۔ میں نے بنا سوچے ہی کہہ دے ا، "سوری سر، آپ جانتے ہیں، اس میں میرا قصور نہیں ہے۔"

مجھے بعد میں احساس ہوا کہ ایسا کہنے کی ضرورت نہیں تھی۔ معافی مانگنے کی تو کوئی وجہ ہی نہ تھی۔ دراصل اسے مجھ سے اظہار ہمدردی کرنا چاہیے تھا، پرسوں جب میں سیاہ لباس میں دفتر جاؤں گا تو شاید وہ ایسا کرے گا۔ ابھی تک تو خود مجھے ہی نہیں لگ رہا ہے کہ ماں واقعی نہیں رہی۔ شاید آخری رسومات کے بعد یقین ہو جائے گا۔

میں نے دو بجے کی بس پکڑی۔ چلچلاتی دوپہر تھی۔ ہمیشہ کی طرح میں سیلسٹے کے ریسٹورنٹ میں کھانے کے لیے اترا۔ سبھی محبت سے پیش آئے۔ سیلسٹے نے مجھ سے کہا، "ماں جیسی کوئی امانت نہیں۔" جب میں وہاں سے چلا تو وہ مجھے دروازے تک چھوڑنے آئے۔ میں جلد بازی میں چل پڑا تھا، اس لیے مجھے اپنے دوست ایمینوئل سے اس کی کالی ٹائی اور ماتم کے وقت باندھی جانے والی کالی پٹی مانگ کر لانی پڑی۔ کچھ ماہ پہلے ہی اس کے چاچا چل بسے تھے۔

میں نے قریب دوڑ کر بس پکڑی۔ اس بھاگ دوڑ، چلچلاتی دھوپ اور گیسولین کی بدبو نے مجھے بیچین کر دیا تھا۔ راستہ بھر میں سوتا رہا۔ جب اٹھا تو دیکھا میں ایک فوجی پر لڑھکا پڑا تھا۔ اس نے معلوم کرنا چاہا کہ کیا میں کسی لمبے سفر سے آرہا ہوں؟ میں نے صرف گردن ہلائی، تاکہ بات چیت آگے نہ بڑھے۔ میں باتیں کرنے کے موڈ میں قطعی نہیں تھا۔

گاؤں سے اولڈ ایج ہوم میل بھر دور ہے، میں پیدل ہی چل پڑا۔ وہاں پہنچتے ہی میں نے ماں کو دیکھنے کی خواہش کا اظہار کیا۔ مگر دربان نے پہلے وارڈن سے ملنے کے لیے کہا۔ وہ مصروف تھے۔ مجھے کچھ دیر تک انتظار کرنا پڑا۔

اس دوران دربان میرے ساتھ گپ شپ کرتا رہا، پھر دفتر لے گیا، وارڈن چھوٹے قد، بھورے بالوں والا آدمی تھا۔ اپنی گیلی نیلی آنکھوں سے اس نے مجھے بڑی دیر تک دیکھا۔ پھر ہاتھ ملایا اور میرا ہاتھ اتنی دیر تک پکڑے رکھا کہ میں اچھی خاصی الجھن محسوس کرنے لگا۔ اس کے بعد ایک رجسٹر میں تحقیقات کی اور بولا، "مادام میئر سالٹ تین برس قبل اس ہوم میں آئی تھیں، ان کی اپنی کوئی آمدنی نہیں تھی اور وہ پوری طرح تم پر منحصر تھیں۔"

مجھے لگا وہ مجھے ملزم ٹھہرا رہا ہے۔اس لیے میں صفائی دینے لگا۔ مگر اس نے میری بات کاٹ دی۔

"ارے بیٹے، صفائی پیش کرنے کی کوئی ضرورت نہیں۔میں نے ریکارڈ دیکھا ہے۔ اس سے ظاہر ہے کہ تم ان کی اچھی طرح دیکھ بھال کرنے کی حالت میں نہیں تھے۔انہیں پورے وقت دیکھ بھال کی ضرورت تھی اور تمہاری طرح کی نوکری میں نوجوانوں کو بہت زیادہ تنخواہ نہیں ملتی۔ دراصل وہ یہاں کافی خوش تھیں۔"

"ہاں سر، مجھے پورا یقین ہے۔"میں نے کہا۔

وہ پھر بتانے لگا،"جانتے ہو، یہاں ان کے کئی اچھے دوست بن گئے تھے۔ سبھی ان کی عمر کے ہیں۔ویسے بھی ہم عمر لوگوں کے ساتھ زندگی اچھی گزرتی ہے۔تم عمر میں چھوٹے ہو، اس لیے ان کے دوست تو نہیں بن سکتے تھے۔"

یہ حقیقت تھی۔کیونکہ جب ہم ساتھ رہتے تھے تو ماں مجھے دیکھتی رہتی۔ مگر ہم شاید ہی کوئی بات چیت کرتے۔اولڈ ایج ہوم کے ابتدائی دنوں میں وہ خوب رویا کرتی تھی۔ مگر یہ حالت کچھ دنوں تک ہی رہی۔اس کے بعد یہاں اس کا دل لگ گیا۔ایک آدھ مہینے بعد تو اگر اسے اولڈ ایج ہوم چھوڑنے کے لیے کہا جاتا تو وہ یقینا رونے لگتی، کیونکہ یہاں سے بچھڑنے کا اسے دکھ ہوتا۔ اس لیے پچھلے سال میں شاید ہی اس سے کبھی ملنے آیا۔ملنے آنا یعنی پورا اتوار کھپا دینا۔بس سے سفر کرنا، ٹکٹ کٹوانا اور آنے جانے میں دو دو گھنٹے گنوانے کی تکلیف سو الگ۔

وارڈن بولتا ہی چلا گیا پھر اس کے پیچھے چل دیا، جب ہم سیڑھیوں سے اترنے لگے تو اس نے کہا،"میں نے ان کے جسد خاکی کو یہاں کے چھوٹے مردہ خانے میں رکھوا دیا ہے۔ تاکہ دوسرے بوڑھے لوگ دُکھی نہ ہوں، تم سمجھ سکتے ہو نا؟ یہاں جب بھی کسی کی موت

واقع ہوتی ہے تو دو چار دنوں تک یہ سبھی غمزدہ و بے چین رہتے ہیں۔ ظاہر ہے اس سے ہمارے اسٹاف کا کام بے حد بڑھ جاتا ہے، اور دیگر پریشانیاں بھی بڑھ جاتی ہیں۔"

ہم نے برآمدہ پار کیا، جہاں کئی بوڑھے چھوٹے چھوٹے گروپ میں کھڑے ہو کر باتیں کر رہے تھے۔ ہم ان کے قریب پہنچے تو وہ خاموش ہو گئے۔ جوں ہی ہم آگے بڑھے ان کی باتیں شروع ہو گئیں۔ ان کی سرگوشیاں سن کر اچانک مجھے پنجرے میں بند طوطوں کی یاد آگئی۔ ان کی آوازیں ضرور اتنی تیکھی اور اونچی نہیں تھیں۔ ایک چھوٹی، کم اونچی عمارت کے داخلی دروازے کے باہر پہنچ کر وارڈن رک گیا۔

"جناب میئر سالٹ، یہاں میں تم سے اجازت لیتا ہوں۔ اگر کوئی کام ہو تو میں اپنے دفتر میں ملوں گا۔ کل صبح ماں کی آخری رسومات ادا کرنا ہے۔ اس سے تم اپنی ماں کے تابوت کے پاس رات گزار سکو گے اور یقینا تم ایسا کرنا چاہو گے۔ ایک آخری بات ، تمہاری ماں کے ایک دوست سے مجھے پتہ چلا کہ ان کی خواہش تھی کہ انہیں چرچ کے رسم و رواج کے مطابق دفنایا جائے۔ یوں تو میں نے سارے انتظامات کر لیے ہیں، پھر بھی تمہیں بتانا مناسب سمجھا۔"

میں نے وارڈن کا شکریہ ادا کیا، جہاں تک میں ماں کو جانتا تھا، حالانکہ وہ لامذہبی خیالات کی نہیں تھی۔ مگر اس نے زندگی میں مذہب وغیرہ کو کبھی ترجیح نہیں دی تھی۔

میں مردہ خانے میں داخل ہوا، یہ پُتی ہوئی دیواروں اور کھلے روشن دان والا صاف ستھرا چمکدار کمرہ تھا۔ فرنیچر کے نام پر یہاں کچھ کریاں اور صوفے رکھے تھے۔ کمرے کے درمیان میں دو اسٹولوں پر تابوت کو رکھ دیا گیا تھا۔ تابوت کا ڈھکن بند تھا۔ مگر اسکرو کو بغیر پورا کسے ہی چھوڑ دیا گیا تھا۔ جس سے وہ لکڑی پر ابھرے ہوئے تھے۔

ایک عربی خاتون جو شاید نرس تھی، تابوت کے قریب بیٹھی تھی۔ اس نے نیلا کرتا

پہن رکھا تھا اور ایک بھڑکیلا سا اسکارف سر پر باندھ رکھا تھا، اسی پل میرے پیچھے ہانپتا ہوا دربان آ پہنچا۔ ظاہر تھا کہ وہ بھاگتا ہوا آیا تھا۔

"ہم نے ڈھکن لگا دیا تھا۔ مگر مجھے ہدایت دی گئی تھی کہ آپ کے آنے کے بعد میں اسے کھول دوں، جس سے آپ ان کا دیدار کر سکیں۔" یہ کہہ کر وہ تابوت کھولنے کے لیے آگے بڑھا لیکن میں نے اسے منع کر دیا۔

"کیا آپ نہیں چاہتے کہ"

"نہیں۔" میں نے کہا۔

اس نے اسکرو ڈرائیور جیب میں رکھا اور مجھے گھورنے لگا۔ تب مجھے احساس ہوا کہ منع نہیں کرنا چاہیے تھا۔ میں شرم محسوس کرنے لگا تھا، کچھ لمحات تک مجھے گھورنے کے بعد اس نے پوچھا، "کیوں نہیں؟" مگر اس کے لہجے میں حیرت نہیں تھی۔ وہ بس یوں ہی جاننا چاہتا تھا۔

"دراصل میں کچھ کہہ نہیں سکتا۔" میں نے کہا۔

وہ اپنی سفید مونچھوں کو اینٹھنے لگا، پھر میری جانب دیکھے بنا آہستگی سے بول اٹھا، "میں سمجھ سکتا ہوں۔"

وہ نیلی آنکھوں والا بھلا سا ہنس مکھ آدمی تھا، اس نے تابوت کے نزدیک میرے لیے ایک کرسی سرکائی اور میرے قریب ہی پیچھے بیٹھ گیا۔ نرس اٹھی اور دروزے کی جانب چل دی۔ جب وہ جانے لگی تو دربان میرے کان میں بُدبُدایا، "بے چاری کو ٹیومر ہے!"

میں نے اسے غور سے دیکھا، تب پتہ چلا کہ آنکھوں کے ٹھیک نیچے سر پر پٹی بندھی تھی، جس سے اس کا تھوڑا سا چہرہ دکھائی دے رہا تھا۔

اس کے جاتے ہی دربان بھی کھڑا ہو گیا، "اب میں آپ کو اکیلا چھوڑ دیتا ہوں۔"

میں نہیں جانتا کہ میں نے کوئی حرکت کی یا نہیں، مگر جانے کے بجائے وہ کرسی کے پیچھے ہی کھڑا رہا۔ پیٹھ پیچھے کسی کی موجودگی سے میں بڑی بے چینی محسوس کر رہا تھا۔ سورج ڈھلنے لگا تھا اور کمرہ خوشنما روشنی سے بھر اٹھا تھا۔ نیند سے میری آنکھیں بوجھل ہو رہی تھیں۔ دیکھے بغیر میں نے دربان سے یوں ہی پوچھا کہ وہ کتنے برسوں سے یہاں کام کر رہا ہے۔

"پانچ برسوں سے۔" اس نے فوراً جواب دیا، جیسے وہ سوال کا ہی منتظر تھا۔

بس پھر وہ شروع ہو گیا اور باتیں کرنے لگا، دس برس پہلے اگر کسی نے اس سے کہا ہوتا کہ وہ اپنی زندگی مورے گو کے اولڈ ایج ہوم میں گزارے گا تو اسے یقین نہ ہوتا۔ وہ چونسٹھ سال کا تھا اور پیرس کا رہنے والا تھا۔

"اوہ! تو تم یہاں کے نہیں ہو؟" میں نے یوں ہی کہہ دیا۔

تب مجھے یاد آیا کہ وارڈن کے پاس جانے سے پہلے اس نے ماں کے بارے میں کچھ کہا تھا کہ انہیں دفنانے کی رسم جلد سے جلد پوری کرنی ہوگی، کیونکہ اس حصے میں خاص طور پر میدانی علاقے میں اچھی خاصی گرمی رہتی ہے۔

"پیرس میں جسد خاکی کو تین دن، کبھی کبھار چار دن بھی رکھا جاتا ہے۔"

اس نے یہ بھی بتایا کہ اس نے ایک طویل عرصہ پیرس میں گزارا ہے اور وہ دن اس کے زندگی کے بہترین دن تھے۔ جنہیں وہ کبھی بھلا نہیں سکتا، یہاں سب کچھ جلدی سے نبٹایا جاتا ہے۔

"آپ اپنے عزیز کی موت کو پوری طرح قبول بھی نہیں کر پاتے کہ آخری رسومات کی جانب آپ کو بڑھا دیا جاتا ہے۔"

اسی پل اس کی بیوی نے اسے ٹوکا، "بس بھی کرو۔"

وہ بوڑھا گھبرا کر معافی مانگنے لگا۔ دراصل وہ جو کچھ کہہ رہا تھا، وہ مجھے اچھا لگ رہا تھا، میں نے پہلے ان باتوں پر غور نہیں کیا تھا۔

پھر وہ بتانے لگا کہ کیسے ایک عام انسان کی طرح وہ بھی اولڈ ایج ہوم آیا تھا۔ تب وہ کافی صحت مند تھا اور تندرست بھی۔ اس لیے جب دربان کی جگہ خالی ہوئی تو اس نے یہ نوکری کرنے کی خواہش کا اظہار کیا۔

جب میں نے اس سے کہا کہ اوروں کی طرح وہ بھی یہاں کا ایک 'باسی' ہے تو اسے یہ بات ناگوار لگی۔ وہ ایک خاص عہدے پر تھا۔ میرے دھیان میں آیا کہ وہ لگاتار انہیں 'وہ اور بوڑھے لوگ' کہہ کر مخاطب کر رہا تھا، حالانکہ وہ خود ان سے کم بوڑھا نہ تھا۔ پھر بھی اس کی بات میں دم تھا۔ ایک دربان کے روپ میں اس کی حیثیت تھی، دوسروں سے اوپر اس کے حقوق تھے۔

اسی وقت نرس لوٹ آئی۔ رات بہت جلد اتر آئی تھی۔ اچانک محسوس ہوا جیسے آسمان پر اندھیرا چھا گیا ہے۔ دربان نے بتیاں روشن کر دیں۔ روشنی سے آنکھیں چکا چوند ہو گئیں۔

اس نے مشورہ دیا کہ مجھے باورچی خانہ جا کر کھانا کھا لینا چاہیے۔ مگر مجھے بھوک نہیں تھی۔ اس نے کافی پینے کی پیش کش کی۔ چونکہ مجھے کافی پسند تھی، میں نے شکریہ کہہ کر حامی بھری اور چند ہی منٹوں میں وہ ٹرے لے کر آیا۔ میں نے کافی پی، پھر مجھے سگریٹ کی طلب ستانے لگی۔

لیکن کیا ان حالات میں سگریٹ پینا مناسب ہوگا؟ ماں کے تابوت کے پاس؟ دراصل اس سے کچھ خاص فرق نہیں پڑتا، یہ سوچ کر میں نے دربان کی طرف بھی ایک سگریٹ بڑھائی اور ہم دونوں سگریٹ پینے لگے۔ اس نے پھر باتیں شروع کر دیں۔

"جانتے ہو، جلد ہی تمہاری ماں کے دوست آئیں گے، تمہارے ساتھ تابوت کے پاس رت جگا کرنے کے لیے۔ جب بھی کوئی مر جاتا ہے تو ہم سبھی اسی طرح رت جگا کرتے ہیں۔ میں جا کر کچھ کرسیاں اور کالی کافی کا جگ بھر کر لے آؤں۔"

سفید دیواروں کی وجہ سے تیز روشنی آنکھوں میں کھٹک رہی تھی میں نے دربان سے ایک دو بتیاں بجھانے کے لیے کہا، "ایسا کچھ نہیں کر سکتے، انھیں ایسا لگایا گیا ہے کہ سبھی ایک ساتھ جلتی ہیں اور ایک ساتھ بجھتی ہیں۔" اس کے بعد میں نے روشنی کی طرف دھیان دینا چھوڑ دیا۔ وہ باہر جا کر کرسیاں لے آیا اور تابوت کے چاروں اور لگا دیں۔ ایک پر اُس نے کافی کا جگ اور دس بارہ پیالے رکھ دیئے۔ پھر ٹھیک میرے سامنے تابوت کی دوسری جانب بیٹھ گیا۔

نرس کمرے کے دوسرے سرے پر تھی۔ میری جانب اس کی پیٹھ تھی، میں نہیں جانتا، وہ کیا کر رہی تھی، مگر اس کے ہاتھ ہل رہے تھے اس سے میں نے اندازہ لگایا کہ وہ کچھ بُن رہی تھی۔ میں اب مطمئن تھا، کافی نے میرے اندر تازگی بھر دی تھی کھلے دروزے سے پھولوں کی خوشبو اور ٹھنڈی ہوا اندر آ رہی تھی۔ مجھ پر نیند کا غلبہ طاری ہونے لگا۔

کانوں میں عجیب سی سرسراہٹ سے میں جاگ اٹھا۔ کچھ دیر تک آنکھیں بند تھیں۔ اس لیے روشنی پہلے سے بھی زیادہ تیز لگنے لگی۔ کہیں بھی اوٹ نہیں تھی، اس لیے ہر ایک چیز پوری شدومد کے ساتھ واضح ہو رہی تھی۔ ماں کے بوڑھے دوست آ گئے تھے۔ میں نے ان کی گنتی کی، کل دس تھے۔ کوئی آہٹ کیے بنا میں نے کسی کو اس قدر قریب سے نہیں دیکھا تھا، ایک ایک عضو، ہاؤ بھاؤ، نین نقش، لباس وغیرہ کچھ بھی پوشیدہ نہیں تھے۔ پھر بھی میں انہیں سن نہیں پا رہا تھا۔ وہ واقعی موجود ہیں، اس بات کا یقین کرنا

مشکل تھا۔

تقریباً سبھی خواتین نے ایپرن پہن رکھا تھا، جس کی ڈوری کمر پر کس کر بندھی ہوئی تھی۔ اس کی وجہ سے ان کے پیٹ اور بھی باہر اُبھر آئے تھے۔ میں نے اب تک غور نہیں کیا تھا کہ اکثر بوڑھی خواتین کے پیٹ کافی بڑے ہوتے ہیں۔ اس کے بر خلاف سبھی بوڑھے دُبلے پتلے تھے اور چھڑی لیے ہوئے تھے۔

ان کے چہروں کی جس بات نے سب سے زیادہ متوجہ کیا، وہ ان کی آنکھیں تھیں، جو بالکل ندارد تھیں، جھریوں کے درمیان بس ہلکی سی، دھندلی سی چمک بھر تھیں۔

بیٹھتے وقت سبھی نے مجھے دیکھا اور عجیب ڈھنگ سے سر ہلایا۔ ان کے ہونٹ دانتوں کے بغیر مسوڑھوں کے بیچ چُسکی کی حالت میں بھینچے ہوئے تھے۔ میں طے نہیں کر پا رہا تھا کہ وہ مجھ سے ہمدردی جتا رہے ہیں یا کچھ کہنا چاہتے ہیں یا پھر یہ ان کے بڑھاپے کی وجہ سے ہے۔ بعد میں میں نے مان لیا کہ شاید کسی رواج کے مطابق وہ میرا خیر مقدم کر رہے ہیں۔ دربان کے اِردگرد بیٹھے سبھی بوڑھوں کو پر تجسس نگاہوں سے مجھے دیکھنا اور سر ہلانا واقعی عجیب لگ رہا تھا۔ پل بھر میں مجھے احساس ہوا کہ وہ مجھے کٹ گھرے میں کھڑا کرنے آئے ہوں۔

کچھ دیر بعد ایک عورت رونے لگی۔ وہ دوسری قطار میں تھی اور اس کے آگے ایک عورت بیٹھی تھی، اس لیے میں اس کا چہرہ نہیں دیکھ پا رہا تھا۔ تھوڑی دیر میں اس کا گلا رُندھ جاتا اور لگتا کہ وہ کبھی رونا بند نہیں کرے گی۔ کوئی اور اس پر توجہ نہیں دے رہا تھا۔ سبھی خاموش بیٹھے تھے۔ اپنی اپنی کرسیوں میں دھنسے وہ کبھی تابوت کو تو کبھی اپنی گھڑی یا کسی دوسری چیز کو گھورنے لگتے اور پھر ان کی نظریں وہیں جم جاتیں۔

وہ عورت اب بھی سسکیاں بھر رہی تھی۔ مجھے واقعی حیرت ہو رہی تھی، کیونکہ میں

نہیں جانتا تھا کہ وہ کون تھی؟ میں چاہتا تھا کہ وہ رونا بند کر دے، مگر اس سے کچھ کہنے کی ہمت نہیں تھی۔ کچھ دیر بعد دربان اس کی جانب جھکا اور کان میں کچھ سرگوشی کی۔ اس نے محض سر ہلایا۔ دھیمے سے کچھ کہا، جو میں سن نہ سکا اور پھر وہ اسی طرح رونے لگی۔

دربان اٹھا اور میرے پاس کرسی سرکا کر بیٹھ گیا، کچھ دیر خاموش رہا، پھر میری جانب دیکھے بغیر سمجھانے لگا، "وہ تمہاری ماں سے بے حد قریب تھی، وہ کہتی ہے، اس دنیا میں ماں کے سوا اس کا کوئی نہیں، وہ اب اکیلی رہ گئی ہے۔"

میں بھلا کیا کہتا۔ کچھ دیر تک خاموشی چھائی رہی۔ اس خاتون کی سسکیاں اب کچھ کم ہونے لگیں۔ پھر ناک صاف کرنے کے بعد کچھ دیر وہ ہچکیاں لیتی رہی، پھر خاموش ہو گئی۔

حالانکہ میری نیند اڑ چکی تھی، مگر میں بے حد تھکان محسوس کر رہا تھا۔ پیر بری طرح کھنچے جا رہے تھے۔ ماحول میں ایک عجیب سی آواز تھی، جو کبھی کبھار سنائی دے جاتی، میں پہلے تو کافی الجھن محسوس کر رہا تھا مگر غور سے سننے کے بعد سمجھ گیا کہ ماجرا کیا ہے؟ دراصل بوڑھے اپنے گالوں کے اندر چسکی لے رہے تھے، جس سے سُڑ سُڑ کی عجیب سی آواز پیدا ہو رہی تھی۔ وہ اپنے خیالوں میں اس قدر مگن تھے کہ انھیں کسی بات کا ہوش نہیں تھا۔ یکبارگی مجھے لگا کہ ان کے بیچ رکھی یہ بے جان لاش کوئی معنی نہیں رکھتی مگر یہاں میں شاید غلط تھا۔

ہم سبھی نے کافی پی جو دربان لایا تھا۔ اس کے بعد مجھے کچھ زیادہ یاد نہیں۔ رات کسی طرح کٹ گئی۔ مجھے بس وہ ایک پل یاد ہے، جب اچانک میں نے آنکھیں کھولیں تو دیکھا ایک بوڑھے کو چھوڑ کر سبھی اپنی اپنی کرسیوں پر جھکے اونگھ رہے تھے۔ اپنی چھڑی پر دونوں ہاتھ باندھے، تھوڑی ٹکائے وہ بوڑھا مجھے دیکھ رہا تھا۔ جیسے میرے جاگنے کا منتظر

ہو۔ میں پھر سو گیا۔ تھوڑی دیر بعد دونوں پیروں میں بے انتہا درد کی وجہ سے میں جاگ پڑا۔

روشن دان سے صبح کی لالی چمکنے لگی تھی، پل بھر کے بعد ہی ایک بوڑھا جاگ کر کھانسنے لگا، وہ بڑے سے رومال میں تھوکتا اور ہر بار اُبکائی جیسی آواز آتی۔ آواز سن کر وہ سب جاگ اٹھے تھے۔ دربان نے انہیں بتایا کہ چلنے کا وقت ہو گیا ہے۔ وہ ایک ساتھ کھڑے ہوئے۔ اس طویل رات کے بعد ان کے چہرے مرجھا گئے تھے۔ مجھے واقعی حیرت ہوئی۔ جب ہر ایک نے مجھ سے ہاتھ ملایا، جیسے ساتھ گزاری ہوئی ایک رات سے ہی ہم نے آپس میں ایک رشتہ قائم کر لیا ہو۔ حالانکہ ایک دوسرے سے ہم نے ایک لفظ نہیں بولا تھا۔

میں کافی بجھ سا گیا تھا۔ دربان مجھے اپنے کمرے میں لے گیا۔ میں نے خود کو ٹھیک ٹھاک کیا۔ اس نے مجھے تھوڑی اور سفید کافی دی۔ جس سے میں تازگی محسوس کرنے لگا۔ جب میں باہر نکلا، سورج چڑھ چکا تھا اور مورے نگو اور سمندر کے درمیان پہاڑیوں کے اوپر آسمان سرخی مائل ہو رہا تھا۔ صبح کی خنک ہوا چل رہی تھی، جس میں خوشنما نمکین مہک تھی، جو ایک خوشگواری کا احساس دلا رہی تھی۔ ایک طویل عرصے سے میں دیہات میں نہیں آیا تھا۔ دل ہی دل میں سوچنے لگا کہ اگر ماں کا مسئلہ نہیں ہوتا تو کتنی بہترین تفریح ہو سکتی تھی۔

میں آنگن میں ایک پیڑ کے نیچے انتظار کرنے لگا۔ مٹی کی مہک میرے اندر بھرنے لگی تھی۔ میں نے محسوس کیا کہ اب مجھے نیند نہیں آ رہی تھی۔ پھر میں دفتر کے دوسرے لوگوں کے بارے میں سوچنے لگا۔ اس وقت وہ لوگ دفتر جانے کی تیاری کر رہے ہوں گے۔ دن کا یہ وقت مجھے سب سے بے کار لگتا۔ تقریباً دس منٹ میں انہیں خیالوں میں گم

رہا۔

اچانک عمارت کے اندر سے گھنٹی کی آواز آنے لگی اس کے سبب میرے خیالات کا سلسلہ ٹوٹا۔ کھڑکیوں کے پیچھے کچھ ہلچل دکھائی دی۔ پھر سب خاموش۔ سورج چڑھ آیا تھا۔ تلوؤں میں جلن محسوس ہو رہی تھی۔ دربان نے مجھے بتایا کہ وارڈن مجھ سے ملنا چاہتے ہیں۔ میں ان کے دفتر گیا۔ اس نے چند کاغذات پر دستخط کروائے۔ وہ کالی پوشاک زیب تن کیے ہوئے تھا۔ ریسیور اٹھا کر میری جانب دیکھنے لگا۔

"آخری رسومات کا انتظام کرنے والے کچھ دیر قبل یہاں آئے تھے۔ وہ لوگ وہاں جا کر تابوت کے اِسکرو کس دیں گے۔ کیا میں انہیں رُکنے کے لیے کہوں؟ تاکہ تم اپنی ماں کا آخری دیدار کر سکو؟"

"نہیں۔" میں نے کہا۔

"اس نے دھیمی آواز سے ریسیور میں کہا، "ٹھیک ہے، فیگی ایف، اپنے آدمیوں کو ابھی بھیج دو۔"

پھر اس نے بتایا وہ بھی ساتھ چل رہا ہے۔ میں نے اس کا شکریہ ادا کیا۔ ڈیوٹی پر جو نرس ہے اس کے علاوہ صرف ہم دو ہی آخری رسومات میں شریک ہوں گے۔ یہاں کا قاعدہ ہے کہ یہاں رہنے والے آخری رسومات میں شامل نہیں ہو سکتے۔ حالانکہ رات میں تابوت کے پاس بیٹھنے سے کسی کو روکا نہیں جاتا۔

"ایسا ان کی بھلائی کے لیے ہی کیا جاتا ہے۔" اس نے واضح کیا، "تاکہ انہیں کوئی تکلیف نہ ہو، مگر اس مرتبہ میں نے تمہاری ماں کے ایک پرانے دوست کو ساتھ آنے کی اجازت دے دی ہے۔ اس کا نام ہے تھامس پریز۔" وارڈن مسکرایا۔ "اصل میں یہ ایک چھوٹی سی دل کو چھو لینے والی کہانی ہے۔ تمہاری ماں اور اس کے درمیان بڑی اپنائیت

تھی۔ یہاں تک کہ سبھی بوڑھے پریز کو اکثر چھیڑا کرتے تھے کہ وہ اس کی منگیتر ہے، وہ اس سے اکثر پوچھتے کہ تم اس سے شادی کب کر رہے ہو؟ وہ ہنس کر ٹال دیتا، ظاہر ہے ماں کی موت کے بعد اسے بے حد تکلیف پہنچی ہے، اس لیے آخری رسومات میں شامل ہونے سے میں انکار نہ کر سکا۔ حالانکہ ڈاکٹر کے مشورے پر اسے پچھلی رات تابوت کے پاس بیٹھنے سے روک دیا تھا۔"

کچھ دیر ہم یوں ہی خاموش بیٹھے رہے۔ پھر وارڈن کھڑکی کے پاس جا کر کھڑا ہو گیا، اچانک بولا، "ارے مورے نگو کے پادری وقت کے بڑے پابند ہیں۔"

انھوں نے مجھے بتایا تھا کہ گاؤں میں موجود گرجاگھر تک پیدل پہنچنے میں ایک ڈیڑھ گھنٹہ درکار ہو گا۔ ہم سیڑھیاں اترنے لگے۔ قبرستان کے قریب ہی پادری انتظار کر رہے تھے۔ ان کے ساتھ دو لوگ تھے ایک کے ہاتھ میں کچھ چیزیں تھیں۔ پادری جھک کر چاندی کی زنجیر کی لمبائی کو ٹھیک کر رہے تھے۔ ہمیں دیکھتے ہی وہ سیدھے کھڑے ہو گئے اور میرے ساتھ کچھ باتیں کی۔ مجھے وہ بیٹا کہہ کر مخاطب کر رہے تھے، پھر ہمیں وہ قبر کی اور لے جانے لگے۔

پل بھر میں میں نے دیکھا کہ تابوت کے پیچھے سیاہ لباس پہنے چار لوگ کھڑے تھے۔ اسی پل وارڈن نے بتایا کہ جنازہ پہنچ چکا ہے۔ پادری نے عبادت شروع کر دی۔ سیاہ کپڑے کی پٹی پکڑے چار لوگ تابوت کے قریب پہنچے جبکہ پادری، لڑکے اور میں قطار میں چلنے لگے۔ ایک عورت جسے میں نے پہلے نہیں دیکھا تھا دروازے پر کھڑی تھی۔ وارڈن نے اس سے میرا تعارف کروایا۔ میں اس کا نام تو سمجھ نہیں سکا مگر یہ جان گیا کہ وہ اولڈ ایج ہوم کی نرس ہے۔ میرا تعارف سن کر اس نے سر کو جھکا کر میرا خیر مقدم کیا، مگر اس کے لمبے دبلے پتلے چہرے پر ہلکی سی مسکراہٹ نہیں تھی۔ ہم ایک گلیارے

سے ہوتے ہوئے صدر دروازے تک آئے۔ جہاں تابوت کو رکھا گیا تھا۔ مستطیل نما ، چمکیلے کالے رنگ کے تابوت کو دیکھ کر مجھے اچانک آفس میں رکھے کالے پین اسٹینڈ کی یاد آگئی۔

تابوت کے پاس انوکھی سج دھج کے ساتھ ایک چھوٹے قد کا آدمی کھڑا تھا۔ میں سمجھ گیا کہ اس کا کام آخری رسومات کے وقت پورے انتظام کی دیکھ بھال کرنا ہے۔ بالکل ماسٹر آف سیری منی کی طرح۔ اس کے قریب خوفزدہ سا مسٹر پریز کھڑا تھا، ماں کا خاص دوست۔ اس نے ہلکے رنگ کی چوڑے کنارے والی گول ٹوپی پہن رکھی تھی۔ جب درواز ے سے تابوت لے جایا جانے لگا تو اس نے بڑی پھرتی سے ٹوپی کو اوپر اٹھایا۔ پینٹ جوتوں سے کافی اوپر تھی اور اونچے کالر والی سفید شرٹ پر بندھی کالی ٹائی ضرورت سے زیادہ چھوٹی تھی۔ اس کی موٹی چوڑی ناک کے نیچے ہونٹ لرز رہے تھے۔ مگر جس چیز نے مجھے متوجہ کیا وہ تھے اس کے کان۔ سرخی مائل، پنڈولم نما اس کے کان جو زردسے رخساروں پر مہر بند کرنے کے لاکھ کے لال گولے کی مانند دکھائی دے رہے تھے۔ جیسے ریشمی سفید بادلوں کے درمیان انھیں گاڑ دیا گیا ہو۔

منتظم کے ذریعے ہر کام کے لیے رکھے ہوئے ایک نوکر نے ہمیں اپنی اپنی جگہوں پر کھڑا کیا۔ تابوت کے آگے پادری، تابوت کے دونوں طرف کالے کپڑے پہنے ہوئے چار آدمی۔ ان کے پیچھے وارڈن، میں اور ہمارے پیچھے پریز اور نرس۔

آسمان پر سورج دہکنے لگا تھا۔ ہوا میں تپش بڑھ گئی تھی۔ پیٹھ پر آگ کے تھپیڑے محسوس ہونے لگے تھے۔ اس پر گہرے رنگ کی پوشاک نے میری حالت بدتر کر دی تھی۔ نہ جانے کیوں ہم اتنی دیر رکے ہوئے تھے؟ بوڑھے پریز نے ٹوپی دوبارہ اتار لی۔ میں ترچھا ہو کر اسے دیکھ رہا تھا، تبھی دربان مجھے اس کے بارے میں مزید باتیں

بتانے لگا۔ مجھے یاد ہے دربان نے مجھے بتایا کہ بوڑھا پریز اور میری ماں شام میں اکثر دور دور تک سیر کرنے جایا کرتے تھے۔ کبھی کبھی چلتے چلتے وہ گاؤں کے قریب پہنچ جاتے۔ مگر ہاں، ان کے ساتھ نرس بھی رہتی تھی۔

میں نے اس دیہاتی علاقے، دور افق اور پہاڑیوں کی ڈھلوان پر سرو کے درختوں کی طویل قطاروں، چمکیلے ہرے رنگ سے رنگی اس زمین اور سورج کی روشنی میں نہائے ایک اکیلے مکان پر بھرپور نظر ڈالی۔ میں نے جان لیا، ماں کیا محسوس کرتی ہو گی؟ اس علاقے میں شام کا وقت سچ مچ کس قدر اداس اور بے چین کر دیتا ہو گا۔ صبح سورج کی اس چلچلاتی دھوپ میں، جب سب کچھ تپش کی شدت میں لپ لپا رہا تھا، تو کہیں کچھ ایسا تھا، جو اس فطری نظام کے بیچ میں بھی غیر انسانی اور مایوس کر دینے والا تھا۔

آخر ہم نے چلنا شروع کر دیا، تبھی میں نے دیکھا کہ پریز ہلکا سا لنگڑا کر چل رہا تھا۔ جوں جوں تابوت تیزی سے آگے بڑھنے لگتا، وہ بوڑھا پچھڑتا چلا گیا۔ مجھے واقعی حیرت ہوئی کہ سورج کتنی تیزی سے آسمان پر چڑھتا جا رہا ہے۔ اسی پل مجھے سوجھا کہ کیڑے مکوڑے کی گونج اور گرم گھاس کی سرسراہٹ کافی دیر سے ہوا میں ایک دھمک پیدا کر رہی ہے۔ میرے چہرے سے بے حساب پسینہ ٹپک رہا تھا۔ میرے پاس ٹوپی نہیں تھی، اس لیے میں رومال سے ہی چہرے پر ہوا کرنے لگا۔ منتظم کے آدمی نے پلٹ کر کچھ کہا، جو میں سمجھ نہ سکا۔ اسی وقت اس نے اپنے سر کے کراؤن کو بھی رومال سے پونچھا، جو اس نے بائیں ہاتھ میں پکڑ رکھا تھا، اس نے اوپر کی جانب اشارہ کیا۔

"آج بے حد گرمی ہے، ہے نا؟"

"ہاں۔" میں نے کہا۔

کچھ دیر بعد اس نے پوچھا، "وہ آپ کی ماں ہیں، جنہیں ہم دفنانے جا رہے ہیں؟ کیا

عمر تھی ان کی؟"" وہ بالکل تندرست تھی۔" میں نے کہا،" دراصل میں خود بھی ان کی صحیح عمر کے بارے میں نہیں جانتا تھا۔"

اس کے بعد وہ خاموش ہو گیا، جب میں مڑا تو دیکھا کہ پریز تقریباً پچاس گز کے فاصلے پر لنگڑاتا چلا آرہا تھا۔ تیز چلنے کی وجہ سے ہاتھ میں پکڑی ہوئی ٹوپی بری طرح سے ہل رہی تھی۔ میں نے وارڈن پر بھی ایک نظر ڈالی، وہ نپے تلے قدموں سے متوازن ہاؤبھاؤ کے ساتھ چل رہا تھا، ماتھے پر پسینے کی بوندیں تھیں، جو اس نے پونچھی نہیں تھیں۔ مجھے لگا کہ جنازے کے ساتھ چلنے والے کچھ زیادہ ہی تیز چلنے لگے ہیں۔ جہاں کہیں بھی نگاہ ڈالی، ہر طرف وہی سورج سے نہایا ہوا دیہاتی علاقہ دکھائی دیا۔ سورج اس قدر چمکدار تھا کہ میں آنکھیں اٹھانے کی ہمت بھی نہیں کر پا رہا تھا۔ پاؤں چلچلاتی گرمی میں ہر قدم کے ساتھ زمین پر دھنس جاتے اور پیچھے ایک چمکدار کالا نشان چھوڑ دیتے۔ آگے کوچوان کی چمکیلی کالی ٹوپی تابوت کے اوپر رکھے اسی طرح کے لیس دار مادے کے لوندے کی طرح دکھائی دے رہی تھی۔ یہ ایک حیرت انگیز خواب کا احساس تھا۔ اوپر نیلی سفید چکاچوند اور چاروں جانب یہ گہرا سیاہ پن، چمکدار کالا تابوت، لوگوں کی کالی پوشاک اور سڑک پر سنہرے، کالے گڑھے اور دھوئیں کے ساتھ ماحول میں گھلی ملی گرم مکڑے اور گھوڑے کی لید کی بو؟ ان سب کی وجہ سے، اور رات کو نہ سونے کی بنا پر میری آنکھیں اور خیال دھندلے پڑتے جا رہے تھے۔

میں نے دوبارہ پیچھے مڑ کر دیکھا، پریز بہت پیچھے رہ گیا تھا۔ اس تپتی دھند میں تقریباً اوجھل ہی ہو گیا تھا۔ کچھ پل اسی ادھیڑ بن میں رہنے کے بعد میں نے یوں ہی اندازہ لگایا کہ وہ سڑک چھوڑ کر کھیتوں سے آرہا ہو گا۔ تبھی میں نے دیکھا، آگے سڑک پر ایک موڑ تھا۔ ظاہر ہے پریز نے، جو اس علاقے کو بخوبی جانتا تھا، ایک پگڈنڈی پر چل رہا تھا۔ ہم جیسے

ہی سڑک کے موڑ پر پہنچے، وہ ہمارے ساتھ شامل ہو گیا۔ لیکن کچھ دیر بعد پھر پچھڑنے لگا۔ اس نے پھر شارٹ کٹ لیا اور پھر ہم میں شامل ہو گیا۔ دراصل اگلے آدھے گھنٹے تک ایسا کئی بار ہوا۔ پھر جلد ہی اس میں میری جو دلچسپی تھی وہ جاتی رہی۔ میرا سر پھٹا جا رہا تھا۔ میں بہ مشکل خود کو گھسیٹ رہا تھا۔

اس کے بعد بہت کچھ جلد بازی میں کیا گیا کہ مجھے کچھ یاد نہیں۔ ہاں اتنا ضرور یاد ہے کہ جب ہم گاؤں کی سرحد پر تھے تو نرس کچھ بولی تھی، اس کی آواز سے میں بری طرح چونک پڑا تھا۔ کیوں کہ اس کی آواز اس کے چہرے سے قطعی میل نہیں کھاتی تھی۔ اس کی آواز میں موسیقی اور کپکپاہٹ تھی۔ اس نے جو کچھ کہا تھا وہ کچھ اس طرح تھا، "اگر آپ اس قدر آہستہ آہستہ چلیں گے تو لو لگنے کا ڈر ہے، مگر تیز چلیں گے تو پسینہ آئے گا اور چرچ کی سرد ہوا سے آپ کو زکام ہو جائے گا۔" اس کی بات میں دم تھا۔ نقصان ہر طرح سے طے تھا۔ تابوت کے ساتھ چلتے ہوئے کچھ یادیں میرے ذہن میں چسپاں ہو گئی ہیں۔ مثلاً اس بوڑھے پریز کا چہرہ جو گاؤں کی سرحد پر ہی آخری بار ہم سے آملا تھا، اس کی آنکھوں سے مسلسل بہتے آنسو جو تھکان کی وجہ سے تھے یا غم کے سبب، یا پھر دونوں کی وجہ سے۔ مگر جھریوں کی وجہ سے نیچے ٹپک نہیں پا رہے تھے۔ آڑے ترچھے ہو کر کان تک پھیل گئے تھے اور اس بوڑھے، تھکے چہرے کو ایک پیاری سی چمک سے بھر دیا تھا۔

مجھے یاد ہے وہ گرجا گھر، سڑکوں سے گزرتے دیہاتی، قبروں پر کھلے لال رنگ کے پھول، پریز پر بے ہوشی کا دورہ، چیتھڑوں سے بنی کسی گڑیا کی مانند اس کا سکڑ جانا۔ ماں کے تابوت پر سنہری بھوری مٹی کا ٹپ ٹپ گرنا، لوگ بے شمار لوگ، آوازیں، کافی، ریستوراں کے باہر انتظار، ریل انجن کی گڑگڑاہٹ، روشنی سے نہائی الجیئرس کی سڑکیں اور ان پر قدم رکھتے ہی میرا خوشی سے بھر جانا اور پھر تخیل میں

ہی سیدھے بستر پر جا کر نڈھال ہو جانا، لگاتار بارہ گھنٹے بے ہوشی کی نیند!

مجھے یہ سب یاد ہے!

Ref.: urduchannel.in

***

سنّاٹا

بنسی نرِ دوش

جب میں نے یہ سنا کہ محی الدین کی بیوی اب اس دنیا میں نہیں رہی تو نہ جانے کیوں ایک لمحے کے لیے میں نے راحت محسوس کی۔ لیکن دوسرے ہی لمحے میرے دل میں ایک ٹیس سی اُٹھی۔ ہاجرہ کی بھولی بھالی صورت میری آنکھوں کے آگے ناچنے لگی۔ اس کی صورت، اس کی گھنی پلکیں اور دو بڑی بڑی آنکھیں۔۔۔۔۔۔۔۔۔۔۔۔۔ !وہ چھریرے بدن کی ایک سلونی لڑکی تھی۔ اگرچہ وہ خوبصورت نہیں تھی۔ مگر اس میں غضب کی کشش تھی اور یہی وجہ تھی کہ شادی سے پہلے محی الدین ہاجرہ پر ہزار جان سے فدا تھا۔

شادی سے پہلے اور شادی کے بعد میں نے دونوں کی زندگی کا بڑی نزدیک سے مشاہدہ کیا تھا۔ ہاجرہ میرے ہی محلے کی لڑکی تھی۔ بچپن سے ہم سب ایک ساتھ کھیلتے تھے۔ محی الدین سے بھی میرا بچپن سے دوستانہ تھا۔ جب ہاجرہ اور محی الدین کی شادی کی بات چلی تو مجھے یقین تھا کہ یہ شادی کامیاب گرہستی کی مثال ثابت ہوگی۔ لیکن میرا اندازہ غلط نکلا۔ شادی کے بعد میاں بیوی میں گہرا اعتماد، خودسپردگی اور قربانی کے جو جذبات ابھر کر آنے چاہیے تھے وہ اس جوڑے میں میں نے بالکل نہیں پائے۔ ان میں آئے دن اَن بَن رہتی اور جھگڑے ہوتے۔ ہاجرہ اکثر ساس اور نند کی جلی کٹی سننے کے بعد میکے چلی

آتی اور محی الدین دوسرے دن ہی زبردستی اسے اپنے گھر واپس لے آتا۔

مجھے محی الدین کی یہ بے صبری پسند نہیں تھی۔ میں نے کئی بار کہا بھی۔ "بھئی، جب تم دونوں کے مزاج آپس میں ملتے نہیں ہیں تو تم اسے طلاق کیوں نہیں دیتے؟" وہ میری بات سن کر ہنس دیتا اور کہتا، "تو کیا تمہارے خیال سے مجھے ہاجرہ سے محبت نہیں ہے؟ میں تو محبت میں اپنے آپ کو ختم کر دینے کا قائل ہوں۔ مگر میں یہ بھی چاہتا ہوں کہ جس کے لیے میں مِٹ جاؤں وہ بھی میرے جذبات کی قدر کرے۔۔۔۔۔۔بھائی میرے، تمہیں کیسے یقین دلاؤں، یہ بھی تمہیں اتنا نہ چاہتی ہو گی جتنا میں اسے چاہتا ہوں۔"

اس بات پر میں زور سے ہنس پڑا۔ میری بیوی شرما گئی۔ کچھ دیر رک کر محی الدین نے پھر بات کا انداز بدلا، "خدا کی قسم، میں تو اسے پوجنا چاہتا ہوں۔ جس طرح تم لوگ مندر میں کسی مورت کو پوجتے ہو۔"

میری بیوی کچھ میلے کپڑے سمیٹ رہی تھی۔ کپڑوں کی گٹھری بغل میں دبا کر وہ دروازے کے پاس پہنچ کر بولی، "اچھا تو تم بیوی نہیں پتھر کی مورت چاہتے ہو۔" شوبھا کا یہ جواب سن کر میں خود دنگ رہ گیا۔ محی الدین نے اس کا کیا مطلب لیا میں کہہ نہیں سکتا، کیونکہ اس بات چیت کے بعد وہ زیادہ دیر تک میرے یہاں نہیں رُکا۔

اب چونکہ میں نے سنا، ہاجرہ مر گئی، مجھے راحت سی محسوس ہوئی کہ چلو اچھا ہوا، اس جھگڑے کا خاتمہ ہو گیا۔ اب محی الدین کو نئے سرے سے اپنی زندگی گزارنے کا موقع مل جائے گا۔ ہاجرہ کے انتقال کے دوسرے دن ہی میں اس کے گھر گیا۔ وہ گھر پر نہیں تھا۔ میں نے اس کی ماں سے پوچھا تو اس نے روکھا سا جواب دیا۔ اس کی بہن سے پوچھا تو اس نے بھی ٹھیک سے جواب نہ دیا۔ بس اتنا کہا کہ جا کر مزار پر دیکھئے اسے۔

"مزار پر! مگر، اب وہاں کیا لینے گیا ہے؟" میں نے حیرانی ظاہر کی۔

"یہ تو مجھے نہیں معلوم۔" اس کی ماں نے کہا اور سسکیاں لینے لگی۔

میں نے ہمدردی کے لہجے میں پوچھا، "مگر آپ رو کیوں رہی ہیں؟"

"کیا کروں بیٹا، اس موئے کو اسی دن کے لیے جینا تھا۔" محی الدین کی بہن ماں کی بات کاٹ کر بیچ میں بول پڑی۔ "کل ہاجرہ کو دفنا کر جب لوگ واپس آئے تو محی الدین نے مار مار کر ماں کا بھرکس نکال دیا۔"

"ارے! کیا کہہ رہی ہو تم؟ ایسا پاگل پن اس نے کیا۔ مگر کیوں؟" میں نے پوچھا۔

"مجھے کیا معلوم، اب تم ہی سوچو بیٹا میں کیا اس کی دشمن تھی۔ خیر مرنے والی تو مر گئی، مگر اسے تو اپنی زندگی بسانی ہے۔"

محی الدین نے جب بھی ہاجرہ کے بارے میں مجھ سے بات کی تو ہمیشہ گھٹن اور پریشانیوں کو ہی اجاگر کیا۔ وہ زور دے کر کہتا، "بھئی ساس اور نند کے ساتھ اس کی بنتی نہیں ہے تو اس کا بدلہ وہ مجھ سے کیوں لیتی ہے؟"

میں روکھا سا جواب دیتا، "بھائی، کیوں اپنی جان مصیبت میں ڈالے ہوئے ہو۔ تمہاری برادری میں تو ایسا ہوتا ہی رہتا ہے، شادیاں ہوتی ہیں، ٹوٹتی ہیں، پھر ہوتی ہیں۔۔۔۔۔۔۔۔۔۔۔۔ ہم لوگوں میں ایسا نہیں ہوتا۔ ہم لوگ چاہتے ہوئے بھی ایسا نہیں کر سکتے۔ سماج اور برادری ہمیں اس کی اجازت نہیں دیتی۔ شاید ہی ایسی کچھ مثالیں ہوں، ورنہ اپنی قسمت سے بری بھلی جیسی بھی بیوی ملتی ہے۔ اسی سے نباہ کرنا پڑتا ہے۔"

مگر میرے اس خیال سے وہ کبھی مطمئن نہیں ہوا۔ وہ پلٹ کر جواب دیتا، "تمہاری سوچ میں خرابی ہے میرے بھائی۔ ہاجرہ تو مجھے اپنی جان سے بھی زیادہ پیاری ہے، لیکن ہے ضدی اور لاپرواہ۔ اس کی یہی لاپرواہی میری امنگوں کو کچل دیتی ہے، نہیں تو اس میں اور

کوئی کمی نہیں ہے۔"

محی الدین کا یہ عجیب برتاؤ میری سمجھ میں بالکل نہیں آرہا تھا۔ وہ اپنی بیوی سے لڑتا تھا، کئی کئی دنوں تک اس سے بات نہیں کرتا۔ مگر پھر بھی اسے طلاق دے کر الگ سے زندگی بسر کرنے کا خیال وہ برداشت نہیں کرتا تھا۔ میرے دل میں یہ بات یقین کی طرح گھر کر چکی تھی کہ وہ یہ سب ناٹک کر رہا ہے، اسے ہاجرہ سے کوئی لگاؤ یا محبت نہیں ہے۔ وہ اس سے اکتا چکا ہے۔۔۔۔۔۔ ایک روز میری بیوی نے بھی اسی طرح کی بات اس سے کہی تھی، "تم لوگ عورت کو اپنے پیر کی جوتی بھی نہیں سمجھتے۔ تم لوگوں کی زندگی میں پیار نام کی کوئی چیز ہے ہی نہیں؟"

"کیا کہتی ہو بھابھی؟" اس نے غمگین ہو کر جواب دیا تھا، "تم اور ہم میں کچھ زیادہ فرق نہیں۔ تم غلط سمجھتی ہو۔۔۔۔۔۔۔۔۔۔۔۔۔ میں تو ہاجرہ کی پوجا کرتا ہوں۔۔۔۔۔۔۔۔۔۔۔۔۔"

"کیوں جھوٹ بولتے ہو؟ جیسے میں کچھ نہیں جانتی۔" میری بیوی نے جواب دیا تھا۔

یہ سوال میرے دماغ میں برابر سے گھومتا رہا کہ اس کی ماں سے پوچھوں کہ ہاجرہ کیسے مری ہے؟ مگر پوچھنے کی ہمت نہیں ہوئی۔ دل ہی دل میں مجھے اس پر غصہ آرہا تھا۔ بھلا اس بات کو بھی کوئی مانے گا کیا کہ وہ اپنی بیوی کو کتنا چاہتا تھا، اب اس کی جدائی میں پاگل ہوا جارہا ہے۔ محلے والے اگر اس کی پاگل حرکتیں دیکھ کر کچھ کہتے بھی ہوں گے تو غلط نہیں کہتے ہوں گے۔

نہ چاہتے ہوئے بھی میں قبرستان گیا۔ محی الدین وہاں پر ایک قبر کے پاس زمین پر لکیریں کھینچ رہا تھا۔ قبر پر پھیلی ہوئی تازہ مٹی میں سوندھی سوندھی خوشبو آرہی تھی۔ مجھے دیکھ کر وہ دیر تک میری آنکھوں میں جھانکتا رہا اور بڑے درد بھرے لہجے میں

بولا، "یار ہاجرہ مجھے چھوڑ کر چلی گئی۔" یہ کہہ کر وہ پھوٹ پھوٹ کر رونے لگا۔ اسکی روتی صورت دیکھ کر میرا دل ذرا بھی نہیں پگھلا۔ مجھے تو اس کے اس انداز میں بھی بناوٹ کا احساس ہونے لگا۔ کوئی اور موقع ہوتا تو شاید میرے منہ سے ہنسی کا فوارہ چھوٹ پڑتا۔ لیکن میں نے ضبط سے کام لیا اور کہا، "جو ہونا تھا، وہ ہو گیا، اب رونے دھونے سے کیا فائدہ؟"

"یہ تم کہہ رہے ہو! میری تو ساری دنیا لٹ گئی۔ مجھے اس کے بغیر ہر چیز کاٹنے کو دوڑتی ہے۔ کچھ بھی اچھا نہیں لگتا۔" اس نے کہا اور سونی نگاہوں سے مجھے دیکھنے لگا۔

"شروع شروع میں ایسے ہی لگتا ہے۔" میں نے ڈھارس بندھاتے ہوئے کہا اور ساتھ میں ایسی بات بھی کہہ دی جو شاید مجھے نہیں کہنی چاہیے تھی۔ میں نے کہا، "تمہاری بے چینی کی وجہ ہاجرہ کی موت نہیں بلکہ تنہائی ہے، تمہیں اب دوسری شادی کر لینی چاہیے۔"

"کیا بکواس کرتے ہو؟" وہ مجھے کاٹنے کو دوڑ پڑا۔

"ناراض کیوں ہوتے ہو؟" میں نے سنبھل کر جواب دیا۔ "خدا نے تمہاری سن لی۔ ہاجرہ ہمیشہ کے لیے میٹھی نیند سو گئی۔ اب کس بات کا ڈر! تم تو روز روز کے جھگڑے سے تنگ آ گئے تھے۔"

"نہیں، نہیں میں تنگ نہیں آیا تھا۔ میں تو اس کی محبت کا بھوکا تھا۔ اس کے بغیر اب میری زندگی میں کچھ بھی باقی نہیں رہا۔"

"جذبات میں بہنے کی کوشش مت کرو۔" میں نے دلاسہ دیتے ہوئے کہا۔

"یہ صرف جذبات نہیں۔" اس کی آواز بھرا گئی، "میں نے اسے سمجھنے میں غلطی کی اور اس نے مجھے۔ اب میں جان گیا کہ گھر کے جھمیلے میں پڑ کر ہاجرہ کو کسی بات کا ہوش

نہیں رہتا تھا۔ کبھی اس کے بال سلیقے سے سنوارے ہوئے نہ رہتے، کبھی کپڑے میلے ہوتے۔۔۔۔۔۔۔۔۔۔۔۔اور یہی بات میرے جذبات کو کچل کر رکھ دیتی تھی۔" یہ کہہ کر وہ کچھ دیر تک مزار کی اس تازہ مٹی پر جس میں ہاجرہ بڑے آرام کی نیند سو رہی تھی، بڑی محبت سے ہاتھ پھیرنے لگا۔

میں اب کسی سوال جواب میں نہیں پڑنا چاہتا تھا۔ پھر بھی دھیان بٹانے کے لیے میں نے کہا، "دراصل تم ہاجرہ سے محبت کی وہی ترنگ پانا چاہتے تھے جو شادی سے پہلے تم دونوں میں موجود تھی۔ لیکن محبت صرف آزاد ماحول میں پھلتی پھولتی ہے۔۔۔۔۔۔۔۔۔۔۔۔جہاں قدم قدم پر بندشیں ہوں۔ سماجی حد بندیاں ہوں، وہاں محبت کی ترنگ کتنی ہی طاقت ور کیوں نہ ہو۔ کتنی ہی امنگ بھری کیوں نہ ہو، دب کر رہ جاتی ہے اور دو جوان دلوں کے ارمانوں کا خون ہونے میں دیر نہیں لگتی۔"

اس نے میری باتیں غور سے سنیں اور کہا، "اب میں زیادہ جی نہ سکوں گا۔ میں نے اپنی جگہ چن لی ہے۔ یہیں پر، اسی جگہ میں نے اپنے ہاتھوں سے ہاجرہ کو منوں مٹی کے ڈھیر تلے دفن کر دیا اور اب اس جگہ یہاں پر میری قبر بن جائے تو اس پر تم اپنے ہاتھوں سے مٹی ڈال دینا۔"

"کیا کہہ رہے ہو تم؟" میں نے ہمدردی کے لہجے میں کہا۔ میں یہ جان گیا تھا کہ اس کی آواز اس حد تک رُندھی جا رہی ہے کہ اگر اس سے اور تکرار کی جائے تو شاید وہ پھوٹ پڑے۔

"ہاں، میں سچ کہتا ہوں۔ بالکل سچ کہتا ہوں۔" یہ کہہ کر وہ سچ مچ بچوں کی طرح رو پڑا۔

بڑی منتوں کے بعد اسے میں گھر لے گیا۔ جب میں اس کے گھر سے نکل کر گلی میں

پہنچا تو اس محلّے کے ایک بزرگ نے مجھے آواز دی اور کہا، "کیوں بھئی، محی الدین کو لے آئے ؟"

میں نے 'ہاں' کے انداز میں سر ہلایا۔ اُن کی بھنوئیں تن گئیں اور وہ مجھے زبردستی روکتے ہوئے بولے، "تم اس کے دوست ہو؟" میں نے پھر 'ہاں' میں سر کو جُنبش دی۔ تب انہوں نے کہا، "کسی نئی لڑکی پر نظر ہوگی اس کی!" یہ کہہ کر وہ ہنس پڑے۔

میں نے پلٹ کر جواب دیا۔ "آپ غلط سمجھتے ہیں۔ وہ تو دوسری شادی کے نام سے بھی بیزار ہے۔"

"یہ تو اس کی مکاری ہے۔ کم بخت نے ایک محنتی لڑکی کا خون کر دیا۔ اب اس بات کو دبانے کے لیے یہ ناٹک کر رہا ہے۔"

"آپ اسے ناٹک کہتے ہیں؟" میں نے حیرانی سے کہا۔

"اور نہیں تو کیا؟ میں نے دنیا دیکھی ہے لڑکے۔ اگر یہ ناٹک نہ کرے تو بھلا اسے دوسری بیوی کیسے ملے گی؟"

"کیوں نہیں مل سکتی؟ جوان ہے اور کماؤ بھی۔ کوئی بھیک منگا تو نہیں ہے۔"

"کچھ بھی ہو۔" اس بوڑھے نے اعتماد سے کہا، "اب کوئی آنکھ موند کر اپنی بیٹی کو کنوئیں میں دھکیل دے یہ بات الگ ہے۔ مگر پھر بھی لڑکی والے یہ تو معلوم کریں گے ہی کہ ہاجرہ مری کیسے؟ کھانسی بڑھ جانے سے بھلا کوئی مرتا ہے؟"

اس بوڑھے کی باتوں نے محی الدین کے بارے میں مری رائے اور پختہ کر دی۔ میں سوچنے لگا بھلا کھانسی بھی اتنی خطرناک بیماری ہو سکتی ہے کہ کسی کے لیے جان لیوا ثابت ہو۔ وہ کہتا گیا، میں سنتا گیا۔ "تم نہیں جانتے۔ روز ہمارے نل پر پانی بھرنے آتی تھی۔ روز میں نے اسے کھانستے ہوئے دیکھا۔ اس کی آنکھیں آنسوؤں میں ڈوبی دیکھیں اور اس جانور

نے کبھی اس کی پرواہ تک نہیں کی اور تم اس کے دوست ہو!" آخری جملہ حقارت بھرا تھا۔ میں وہاں سے بھاگنا چاہتا تھا۔ مگر بھاگ نہ سکا۔ میرے قدم دھیرے دھیرے اٹھنے لگے جیسے سامنے گہرے گڑھے ہوں اور مجھے بچ بچ کر چلنا پڑ رہا ہو۔

اس بوڑھے کی باتوں سے مجھ پر اتنا اثر ہوا کہ محی الدین سے قبر پر کی گئی ساری باتیں میرے دماغ سے اتر گئیں اور میں اس شک میں مبتلا ہو گیا کہ سچ مچ معمولی کھانسی کسی کی موت کا سبب نہیں بن سکتی۔ ہاجرہ کن حالات میں مری، یہ مجھے اس کے میکے والوں سے بھی معلوم نہ ہو سکا۔ ہاں، اس دن کے بعد میں محی الدین سے نہیں ملا۔ ایک دن اس کی ماں میرے گھر آئی اور شکایت کی کہ میں نے اپنے دوست کو بھلادیا۔ میں نے کہا، "نہیں، ایسی کوئی بات نہیں ہے۔ دراصل، میں کام میں اتنا مصروف رہا کہ فرصت ہی نہ ملی اس سے ملنے کی۔۔۔۔۔۔۔۔۔۔۔۔۔"

محی الدین کی ماں نے اپنے کالے برقعے کی جیب سے ایک تصویر نکالی اور میرے ہاتھ میں پکڑاتے ہوئے سوال کیا، "کیسی ہے لڑکی؟"

"صورت سے تو بھلی دکھائی دے رہی ہے۔" میں نے جواب دیا اور خاموش ہو گیا۔

"ہاں، بڑی خوبصورت ہے، محی الدین کے لیے میں نے اس لڑکی کے ماں باپ سے بات پکی کر دی ہے۔"

"کیا محی الدین نے یہ تصویر دیکھی ہے؟" میں نے پوچھا۔

"اس نے بھی دیکھی مگر کوئی جواب نہیں دیا۔ کہنے لگا اب تو میری شادی قبر سے ہی ہو گی۔۔۔۔۔۔۔۔۔۔۔۔۔ اب تم ہی بتاؤ بیٹا ایسی باتیں کب تک چلیں گی؟"

میری بیوی شوبھا ناحق اس کی ہاں میں ہاں ملاتی رہی، مگر میں سب کچھ چپ چاپ سنتا رہا۔ میری اداسی دیکھ کر وہ شوبھا سے کہنے لگی، "اب تم ہی بتاؤ، ہاجرہ کو مرے ہوئی کئی ہفتے

بیت گئے۔ کئی گھرانے زور دے رہے ہیں۔ سوچتی ہوں بہو جلدی سے گھر میں آئے۔ محی الدین کا جی بھی بہل جائے گا اور مجھے بھی اس بڑھاپے میں آرام مل جائے گا۔ ہاجرہ گھر آئی تو نہ زندگی میں آرام پایا اور نہ دوسروں کو یہ لگا کہ اپنے گھر میں بھی بہو آگئی ہے۔ دوسروں کو دیکھتی ہوں تو دل رو اٹھتا ہے۔ ان کے یہاں بہو آئی ہے تو جیسے سونے سے گھر بھر جاتا ہے۔ میرا تو بسا بسایا گھر اجڑ گیا۔ دونوں میں نبھ نہ سکی۔ خدا نے میری دعا سن لی۔۔۔۔۔۔۔" یہ سن کر میں بہت تلملایا، مگر کچھ کہہ نہ سکا۔ شوبھا بھی جیسے انگاروں پر لوٹ رہی تھی۔ اس بڑھیا کے لیے میرے دل میں بڑی عزت تھی۔ مجھے اس میں پہلے ماں کا جو روپ نظر آرہا تھا، وہ اب کہیں نہ تھا۔ اب مجھے یہ عام قسم کی دنیاوی عورت نظر آنے لگی۔

جب اس نے کہا، "بیٹا، اب تم ہی اسے سمجھاؤ۔ وہ تمہاری ہی بات مانے گا۔"

"ٹھیک ہے، کل نہیں تو پرسوں تک میں ضرور آؤں گا۔" میں نے جواب دیا۔

مگر میں کئی دنوں تک نہیں گیا۔ میں نے دل میں فیصلہ کر لیا تھا کہ اب محی الدین کی صورت بھی نہ دیکھوں گا۔ مانا کہ ہاجرہ سگھڑ بہو نہ تھی۔ مانا کہ وہ محی الدین کے جذبات کی قدر نہ کرتی تھی۔ مانا کہ اس میں اور بھی نقص تھے۔۔۔۔۔۔۔۔۔۔۔۔ مگر وہ انسان تو تھی۔ کیا وہ بازار کی ایک معمولی چیز تھی؟ جو پسند آئے تو رکھ لی ورنہ پھینک دی۔ مجھے اس کی ایک ایک بات یاد آنے لگی۔ ایک دن وہ میکے چلی آئی تھی۔ میں نے اسے اپنی گلی میں سے گزرتے ہوئے دیکھا اور پوچھا، "ہاجرہ، تم پھر میکے چلی آئی؟"

"پھر کیا کروں بھائی صاحب! وہاں رہوں تو وہاں بھی چین نہیں۔ یہاں بھی چین سے رہنے نہیں دیتے ہیں۔ میں تو تنگ آگئی ہوں اس زندگی سے۔۔۔۔۔۔۔۔۔۔" یہ کہتے ہوئے اسے کھانسی کا دورہ پڑا تھا۔ میں نے اسے

سہارا دیا اور گھر کے دروازے تک لے گیا۔ پھر انجان بنتے ہوئے پوچھا، "آخر جھگڑے کی کوئی وجہ بھی تو ہو؟"

"معلوم نہیں، وہ چاہتے کیا ہیں؟ ایک کولھو کے بیل کی طرح سارا دن گھر کے کام میں لگی رہتی ہوں، اوپر سے تمہارے مہربان دوست کی جھڑکیاں بھی سنوں۔ ہمیشہ یہی کہتے رہتے ہیں کہ میں پہلے کی طرح ان سے پیار نہیں کرتی ہوں۔ بھلا بتاؤ، پیار اور کیسے کیا جاتا ہے؟ گھر کا سارا کام کرنا، ساس اور نند کی ڈانٹ پھٹکار سننا، اس پر بھی وہ محبت کا ثبوت مانگتے ہیں، میں تو بھائی صاحب امتحان دے کر ہار گئی۔ اب مجھ سے برداشت نہیں ہوتا۔"

ہاجرہ نے شاید سچی بات کہی تھی۔ اس سے برداشت نہیں ہو سکا اور وہ اس دنیا سے اُٹھ گئی۔ اب اس کی جگہ دوسری بہو کی تلاش ہو رہی ہے۔

ان دنوں شادیوں کی بڑی دھوم دھام تھی۔ کسی کسی محلے میں سہاگ گیت سننے میں آ رہے تھے۔ جب میں دفتر سے لوٹا تو اپنے گھر کے دروازے پر تالا لگا ہوا پایا۔ پڑوسیوں نے بتایا کہ شوبھا اور ماں دونوں محی الدین کے گھر گئے ہیں۔ مجھے بہت غصہ آیا۔ میں نے ماں اور بیوی دونوں سے کہا تھا کہ محی الدین خود بھی اگر شادی کا دعوت نامہ دینے آئے تب بھی نہ جانا۔ لیکن انہوں نے میرا کہنا نہیں مانا۔ میں نے دل میں فیصلہ کیا کہ ابھی اس کے گھر جاتا ہوں اور دونوں کو بھری مجلس سے زبردستی اٹھا کر لاتا ہوں۔ محی الدین روکنا بھی چاہے گا تب بھی نہیں رکوں گا۔ ایک دن اس کی ماں راستے میں ملی تھی اور میں نظریں بچا کر بازو میں ہٹ گیا تھا۔

محی الدین کے گھر کی طرف میں غصے میں چل پڑا۔ میری سوچ کے برخلاف وہاں سنّاٹا تھا۔ نہ جانے کہاں کہاں درجنوں کتّے آنگن میں جمع ہو گئے تھے۔ آس پاس کے گھروں میں خاموشی تھی۔ محی الدین کے مکان کے نچلے کمرے میں عورتوں کی بھیڑ

تھی۔ کھڑکیاں کھلی تھیں، مگر اندھیرے میں کوئی بھی صورت ٹھیک طرح سے پہچاننا مشکل تھا۔ میں گھبرایا سا مکان کے اندر چلا گیا۔ شوبھا نے مجھے آتے ہوئے دیکھ لیا تھا۔ وہ کمرے سے باہر نکل آئی ننگے پاؤں۔ اس کی آنکھیں گیلی تھیں۔ میرا دل دھک سے رہ گیا، "کیا بات ہے؟" میں نے افسردہ ہوتے ہوئے پوچھا۔

"تم نے سنا نہیں؟ محی الدین کا انتقال ہو گیا۔" وہ بولی۔

ایک لمحے کے لیے جیسے میری جان ہی نکل گئی۔ مجھ سے مزید کچھ سنا نہ گیا۔ میں دوڑتا ہوا قبرستان پہنچا۔ وہاں پر بہت سارے لوگ سر جھکائے ہوئے کھڑے تھے۔ محی الدین کی میت قبر میں اتاری جا چکی تھی۔ قبر کی تازہ مٹی بے ترتیب پڑی تھی۔ مولانا کچھ پڑھ رہے تھے۔ میں نے مٹی کے ڈھیلے توڑ توڑ کر اس کی قبر پر پھیلا دیئے، ان میں میرے آنسو بھی شامل تھے!!

Ref.: urduchannel.in

***

چاچا ناشکرا

سیمیں کرن

"لو بھئی ایتھوں بنٹھو، ہُن کوئی نئیں گل کر سگدا، جھیڑا کرلے گا اور ھسے گا، تے نالے فتویٰ سنے گا۔"

چاچا نورنے نے اپنی لُنگی سنبھالی اور یہ کہتے ہوئے تیزی سے موقعے سے ٹلنے کو عافیت جانی۔ سامنے سے چاچا ناشکرا آرہا تھا۔ چاچا ناشکرا بھی اپنی جگہ اک بڑی دلچسپ، رونقی اور مجلسی شخصیت تھا۔ بولتا تو توجہ مبذول کرنے کا گفتگو کو دلچسپ رُخ دینے کا ماہر تھا۔ کچھ لوگ اُس بات پر آمناً و صدقاً کہہ دیتے۔ ہاں میں ہاں ملاتے۔ کچھ لوگ ایسے بھی تھے جو چاچا ناشکرے کی ہی سطح کے تھے وہ اس سے اختلاف بھی کرتے تمسخر بھی اُڑاتے اور یہی تمسخر و ٹھٹھا۔ اس لقب کا باعث بنا، اس لقب نے اس کا نقصان تو کچھ نہ کیا بلکہ متنازعہ کرکے اُس کی شہرت کو چار چاند ہی لگادیئے تھے۔ چھوٹے بڑے حامی و مخالفین اُس کو چاچا ناشکرا ہی بلاتے مگر اس کی غیر موجودگی میں، اور جو کوئی بھولے بھٹکے کبھی اُس کے سامنے کہہ بیٹھتا تو اس کی شامت آجاتی اور چاچا ناشکرا اپنا سارا زورِ خطابت انسان کی ناشکری اور تھوڑدلی کو ثابت کرنے میں صرف کردیتا!

چاچا ناشکرا جس کا اصلی و حقیقی نام تو خیر دین تھا۔

مگر خیر دین سے وہ چاچا ناشکرا بن گیا تھا!

چاچا خیر دین عرف چاچا ناشکرا سیدھا سادا سا دیہاتی آدمی سانولا رنگ سادے سے نقوش آنکھوں میں اک قدیم علاقائی فہم و دانش اور کچھ شرارت کی چمک اور یہی چمک اُس کی گفتگو میں بھی تھی۔ لمبا کسرتی بدن مگر وقت اور عمر کا ثبوت دیتی ڈھلکی ہوئی توند جو ڈھیلے سے کُرتے سے جھانکتی نظر آتی نیچے چار خانوں والی رنگ برنگی دھوتی اور کندھے پر لٹکتا کبھی عربی اور کبھی چار خانوں والا رومال جسے بار بار اُٹھا کر وہ اپنے گنجے سر سے بہتے نیچے کو آتے پسینے کو صاف کرتا اور جب جوش سے یا غصے سے ہاتھ لہرا لہرا کر بولتا تو اک پل کو گویا محفل کی نبض پر ہاتھ رکھ دیتا اور لوگ تائید میں اس کی ہاں میں ہاں ملانے لگتے اور گھوم پھر کر اُس کی ہر بات کا اختتام اسی بات پر ہوتا۔

"او چھڈو جی بندہ تو ہے ہی تھوڑ دلا تے ناشکرا یا پھر وہ کہتا لو جی ایویں تو مالک نے قران میں بھی آکھیا کہ بندہ تو ہے ہی تھوڑ دلا اور ناشکرا۔ لو جی گل ہی مک گُئی جب بات تو رب کی آگئی قران کی آگئی۔"

اور لوگ فرطِ عقیدت سے ہاتھوں کی انگلیوں کو چومنے لگتے اور عقیدت کا گاڑھا شیر اسارے مجمعے کو بھی جیسے اکٹھا چوڑ دیتا۔

اور یہ بات تو گویا اُس کا تکیہ کلام تھی "کہ بندہ تو ہے ہی تھوڑ دلا اور ناشکرا۔"

وہ تو بندے کو بیک وقت تھوڑ دلی اور ناشکرے پن کی سند اور طعنہ دیتا تھا۔ اس کی تکرار کرتا تھا مگر جانے کیوں لوگوں نے تھوڑ دلی کو چھوڑ کر اُس کے لقب کے لئے چاچا ناشکرا کا چناؤ کیا؟ آخر اُس کا نام چاچا تھوڑ دلا بھی تو ہو سکتا تھا عارف کی ذہنی رو بہتے بہتے جانے کس رُخ پر جا کر بھٹکنے لگتی۔

"ہاں تو اور کیا، چاچا ناشکرا ہی کیوں، چاچا تھوڑ دلا۔ کیوں نہیں؟ کیا صرف اس لئے کہ اس میں اُس کی دل شکنی اور بے عزتی کا احتمال تھا، کچھ زیادہ تھا یا یہ کہ ناشکری انسان کی

عمومی صفت ہے اور تھوڑ دلی خصوصی پھر یہ لوگوں کی جانب سے چاچے کی طرف اک لحاظ داری ہے مروت ہے پھر بھی وہ کیسے ہر وقت سب کو منہ بھر بھر کر ناشکرا اور تھوڑ دلا کہتا رہتا ہے، اور ہم مروت و لحاظ میں سنتے رہتے ہیں۔ یہ لحاظ و مروت رکھنا بھی تو اک شکر گزار سی کیفیت ہے، کیا کبھی یہ چاچے کو محسوس نہیں ہوتی؟

عارف بے تکے پن سے سوچے چلا گیا۔ عارف جو اس بیٹھک اس مجلس کا واحد گریجویٹ تھا۔ اس پسماندہ سے قصبے کے گلی کوچوں میں کچھ اور تعلیم یافتہ نوجوان بھی تھے مگر کچھ یہاں سے نوکریوں کے سلسلوں میں سدھار گئے اور کچھ جو یہاں تھے خود کو کوئی اور ہی مخلوق سمجھتے تھے۔ چاچے ناشکرے کی محفل میں آکر بیٹھنا اپنی ہتک سمجھتے تھے۔ اک عارف ہی تھا جو یہاں آکر اُٹھتا بیٹھتا تھا اور ان بزرگوں کی باتوں حکایتوں اور کہاوتوں میں ایسی لوک داستانوں کی سی چاشنی و دانش تلاش کرتا۔ جو بھی تھا چاچا ناشکرا اُسے اپنے تمام تر "ناشکرے پن" کے باوجود اچھا لگتا تھا اور اپنی سوچ کے تمام تر بے تکے پن اور تلخی کے، اس کدورت کے جو وہ کبھی کبھی اُس کی باتوں پہ دل میں محسوس کرتا تھا، وہ اندر ہی اندر کہیں اس حقیقت سے متفق بھی تھا مکمل طور پر نہ سہی جزوی ہی سہی!

اور یہی ہوا چاچا ناشکرا جب آیا تو اس کی تیز نظروں نے بابو ہوٹل کے سامنے بچھی چارپائیوں پر سے نورے کے کھسکنے کو بھانپ لیا، بابو ہوٹل کی چارپائیاں اور منشی صاحب کی بیٹھک چاچے اور ساتھیوں کے دو مرغوب ترین ٹھکانے یا اڈے تھے جہاں یہ گرما گرم محفلیں جمتی اور جہاں کبھی سیاست پر بات ہوتی کبھی خاندانی مسائل پر اور کبھی معاشرتی رویے زیرِ بحث آجاتے اور آخر میں حتمی اور آخری جملہ چاچے ناشکرے کا ہوتا خواہ بات کوئی بھی ہوتی "او چھڈو جی، بندے دی کی گل کرنی اے بندہ تے ہے ہی تھوڑ دلا تے ناشکرا۔"

اور منشی جی حقہ گڑ گڑاتے سب سے پہلے چاچے کی ہاں میں ہاں ملاتے اور پھر دوسرے لوگ بھی تائید کرنے لگتے مگر بعض اوقات ہوتا یہ کہ اس جملے کی زد براہ راست کسی شخص پر پڑتی تو وہ بلبلا اُٹھتا اور پھر ماحول گرم ہو جاتا۔ بحث اور گپ شپ تُو تکرار میں بدل جاتی اور جو کوئی چھوٹا بھڑک اُٹھتا تو بڑے اپنی بڑائی کا فائدہ اُٹھا کر ڈانٹ ڈپٹ کر کے چپ کروا دیتے اور اگر کوئی بزرگ ہوتا تو منشی جی اپنی دوستی کا فائدہ اُٹھا کر دونوں پارٹیوں کو راضی کر دیتے یہ کہتے ہوئے،

"اویار بس کر، پتہ تو ہے یہ اپنا تیر امیر اسب کا چاچا ناشکرا ہے۔"

بات کی حدت پر برف سی پڑ جاتی، چاچا ناشکرا غصے اور احتجاج سے منشی جی کو گھورتا احتجاجاً حقے کی نے چھین کر گُڑ گُڑانے لگتا مگر جواب کوئی نہ دیتا۔

ہر گرمی سردی کو سہتی یہ بیٹھکیں یونہی جمتی تھیں اور جمتی آرہی تھیں اور اب جو چاچے نے نورے کو یوں بھاگتے دیکھا تو اُس کی تیز چمکیلی آنکھیں غصے سے دہک اُٹھیں۔

وہ بابو ہوٹل کے مالک اور پاس کھڑے عارف کے کندھے پہ ہاتھ مارتے ہوئے بولا۔

"لو دیکھ لو۔ یہ نورا مجھے دیکھ کر جو دوڑیں لگا رہا ہے اور جو یہ یہاں بکواس کر کے گیا اوہ بھی مینوں پتہ، پر میں اندر کی بات کھولوں، اس کھوتے کے پُتر نے مجھ سے ہزار روپے ادھار لئے تھے اور اب کئی بار مانگنے پر دیتا نہیں اور مجھ سے لُکتا پھرتا ہے۔ لو دسو فیر کیا میں سچ نہیں کہتا کہ بندہ بڑا ہی ناشکرا ہے۔"

عارف اور بابو کریم دل ہی دل میں چاچے کی فراست کے قائل ہوئے اور اس کی دلجوئی کرنے لگے۔

ابھی وہ لوگ انہی باتوں میں مصروف تھے کہ چاچے کا سب سے چھوٹا بیٹا جو لگ بھگ اٹھارہ انیس سال کا تھا بھاگتا ہوا آیا اور پھولے پھولے سانسوں سے بولا۔

"ابا گھر پرونے آئے نئیں، چھیتی آ"۔

چاچا ناشکرا اس کو موٹی سی گالی بک کے بولا، "اوکی ہویا کیہڑی کالی تیرھی آگئی اے۔ تیری ماں کو تو وخت ڈالنے کی عادت ہے، تیری ماں تو۔۔۔" چاچے کی زبان سے مغلظات ناشکری بن کر جھڑنے لگیں۔

مہمانوں کی وجہ سے چاچا جلدی سے گھر چلا گیا۔ لیکن کچھ دیر بعد ہی اس کے گھر سے جھگڑے کی آوازیں بلند ہونے لگیں۔ کچھ دیر تک تو لوگوں نے اسے برداشت کیا مگر محلوں اور چھوٹے قصبوں کی ثقافت کی یہ نفسیات کہ دیواریں اتنی بلند نہ ہوں کہ ارد گرد کی آوازیں دخیل و مداخلت نہ کر پائیں اچھی بُری بغلی روایات کے امین چاچے کے شور کو نہ برداشت کرتے ہوئے اس میں داخل ہو گئے۔ پتہ چلا کہ سارا جھگڑا چاچے کے پُتر کے ویاہ پر بلائے جانے والے مہمانوں پہ تھا۔

قصہ دراصل یوں تھا کہ چاچی کلثوم کا خیر دین کے ساتھ یہ دوسرا نکاح تھا۔ کم سنی میں وہ بیاہی گئی اور دو سال بعد ہی جانے کن وجوہات کی بنا پر اُسے طلاق ہو گئی۔ پہلی شادی کی نشانی اک بیٹی تھی روبینہ، روبینہ کو نانا نانی نے رکھ لیا اور بُرا بھلا جیسا بھی رشتہ ملا خیر دین سے بیاہ کر رخصت کر کے سرخرو ہوئے۔ اب اک طرح سے یتیم و مسکین نواسی روبینہ جو ماں باپ کے ہوتے ہوئے بھی یتیموں کی سی زندگی گزار رہی تھی کو ہاتھ کا چھالا بنا کر پالا۔ وقت کے حساب سے میٹرک پاس کروایا اور بہت اچھے گھر میں کیپٹن ممتاز کے ساتھ بیاہ دیا۔ روبینہ صورت و سیرت میں یکتا، کیپٹن ممتاز نے بھی بہت محبت دی۔ کسک تھی تو ماں باپ کی محبت کی، ماں کی محبت کی مہک اُسے کلثوم کے در پر لے جاتی جہاں ماں کی محبت خیر دین کی ماتھے کی تیوریوں میں دبی سہمی ہوئی بہن بھائی اجنبی اور اک فاصلے سے ملتے یہ افسری کے ٹھاٹ ماٹھ والی بہن اور اُس کے بچے کب اپنے اپنے لگتے تھے۔ باپ نے ایسا منہ

موڑا تھا کہ روبینہ کی خبر ہی نہ لی سو وہ دل میں صبر و جبر کی سل رکھ کر چاچی کلثوم اور چاچے ناشکرے کے در پر چلی آتی۔ جب آتی تو لدی پھندی ہوتی اسی لئے چاچے کے ماتھے کے بل کچھ کم ہو جاتے اور وہ جب بوسکی کا کُرتا چاچے کے سامنے رکھتی۔

"اباجی آپ کے لئے لائی ہوں سُچل دو گھوڑا بوسکی ہے۔"

تو چاچا اوپر سے ذرا نخرہ دکھاتے ہوئے کُرتا اپنی جانب کھینچ کے کہتا۔

"او کڑیئے رہن دیتی بھلا اس کی کیا لوڑ تھی چل ہُن لے آئی تو پہن لوں گا عید پہ، ہُن آئی ایں تو دو چار دن رہ جائیں، بچے خوش ہو جان گے۔"

اور وہ اتنے ہی میں خوش ہو جاتی۔ چاچی بھی کچھ دیر کو کِھل اُٹھتی مگر اس کی ممتا میں بھی وہ حدت نہیں تھی جو دوسرے بچوں کے لئے تھی۔ روبینہ کے دل میں ہوک سی اُٹھتی، "بھلا اس کی تو میں سوتیلی نہیں اس کے میرے بیچ کیوں دراڑ ہے۔" پڑھا لکھا خاوند آرمی کی صاف ستھری کالونیاں اور ماحول، بچپن کی محرومیاں ان سب عوامل نے روبینہ کو بہت حساس کر دیا تھا وہ خود چار بچوں کی ماں تھی مگر اندر اک معصوم و محروم بچی بلکتی تھی یا پھر وہ عمر ہی اتنی لکھوا کر لائی تھی جو بھی تھا بھری جوانی میں وہ کینسر جیسے موذی مرض کا شکار ہو کر دو سال ہی میں چٹ پٹ ہو گئی۔ یہ وہ وقت تھا جب چاچے اور کیپٹن جو کہ اب میجر ہو چکا تھا، کے میجر ممتاز اور مرحومہ روبینہ کے بچوں کے ساتھ اختلافات ہونے شروع ہوئے، یہ وہ کڑا وقت تھا جب بچے لامحالہ اپنے ننھیال کی طرف امید بھری نظروں سے دیکھتے۔ جب کہ ان کی ماں بستر مرگ پر تھی۔ مگر وہاں وہی بے حسی اور خانہ پُری کے معاملات تھے۔ مہمان جاتے اور مہمان بن کر بچوں اور میجر ممتاز کو ناکوں چنے چبواتے۔ انہیں معاملات میں روبینہ راہیِ ملک عدم ہوئی۔ گلے شکوے جھگڑوں میں منتقل ہوتے۔ رابطے کی کڑی گم ہو گئی اور فاصلے سالوں میں بدل گئے۔

اب چاچے کے بیٹے کی شادی تھی اور چاچی کلثوم کی خواہش تھی کہ وہ بچے بھی آتے۔ کچھ قریبی رشتہ دار اندرونی طور پر چاچی کے ایما پر چاچے ناشکرے اور اس کی اولاد کو منانے کے لئے آتے تھے کہ ان بچوں کو سوتیلے ہی سہی مگر مامے کی شادی پر منا کر شامل کیا جائے اور وہ بچے جو کہ اب بچے نہیں رہے تھے اپنے رشتوں کو ڈھونڈتے اور کھوجتے تھے ملنا چاہتے تھے۔ بڑھتے بڑھتے یہ جھگڑا اتنا بڑھا کہ منشی جی کی بیٹھک میں آگیا، چاچادر میان بیٹھک میں بیٹھا غصے سے بھرا ہوا تھا مگر کچھ بولنے سے بھی گریز کرتا تھا۔

عارف کو ایک دم ہی اس بیٹھک پہ پیار آگیا، وہ دل ہی دل میں خود سے باتیں کرنے لگا، ایسے ہی چاچا سب کو ناشکرا اور تھوڑ دلا کہتا رہتا ہے۔ کیا اُسے رب کے بندوں کا یہ حسنِ محبت اک دوجے کی ذات میں یہ مان یہ مداخلت نظر نہیں آتی اور پھر یونہی بیٹھے بیٹھے اُس کے ذہن کی رو بہک گئی۔

"اور جو واقعی بندہ ناشکرا اور تھوڑ دلا ہے تو کیا بات بنانے والے پہ نہیں جا پہنچتی۔ اس نے بنا کر خود ہی تو اعتراف بھی کر لیا؟ اب بھلا کوئی مشین اپنی اہلیت، ماہیت و پیدائشی تکنیک سے کیسے انحراف کرے۔" پھر خود کو جھٹک کر اور اندر ہی اندر کوستے ہوئے لاحول پڑھ کر وہ واپس بیٹھک میں آگیا، جہاں سب چاچے کو سمجھانے میں مصروف تھے کہ بچوں کو شادی پہ بلانا چاہیے۔ مگر چاچا اپنے لڑکوں کے آگے بے بس تھا جن میں بدگمانی کے درخت کو پانی دے کر اُس نے خود ہی تناور کیا تھا۔ سب کے لاکھ سمجھانے بجھانے پر بھی وہی پرانی باتوں کی جگالی ہوتی رہی۔ "اوہ مکے منڈے نے یہ کہا تھا اور روبی میجر کی گردن میں تو سریا ہے نہ جی ہم نے نہیں بُلانا ان کو۔"

عارف اور منشی جی نے بھی اپنا حصہ ڈالا۔ اپنے طور پر سمجھایا اور یاد دلایا، ان نرم گرم بیٹھی یادوں پر سے گرد جھاڑی جو ان بچوں سے وابستہ تھیں، عارف، اشرف کو مخاطب

کر کے بولا۔

"اوہ یار حیا کر، کیسے مل کر فرحال تُو اور میں ٹیوب ویل پہ نہاتے تھے، گھنٹوں نہانے کے بعد گھر جا کر بھنے گڑ والے چنے جیبوں میں ڈال کر مٹھیاں بھر بھر چباتے پھر سیلیوں میں نکل جاتے اور اب گھر کی پہلی شادی تو وہ مامے کے ویاہ پر نہ آئیں۔"

بات نرم پڑتی دل میں محبت کی نرم سی کونپل ذرا سا سر اُبھارتی مگر تھوڑ دلی کا کلر ساتھ ہی چاٹ جاتا۔

منشی جی ڈپٹ کر بولے۔

"او یار خیر دین حیا کر روبینہ بہشتی کی دو کاکیاں بھی ہیں، یار دھیاں ساروں کی سانجھیاں ہوتی ہیں، چھڈ پرانی باتوں کو اور بچوں کو گلے لگا۔"

چاچا کبھی کبھار لقمہ دیتا، کبھی نرم پڑ جاتا اور کبھی بھڑک اٹھتا مگر زیادہ تر چپ کر کے حقہ گڑ گڑ اتا رہا۔ہاں اضطرابی حالت میں گڑ گڑاہٹ میں تیزی آجاتی۔

بات کو نہیں بننا تھا سو نہ بنی۔ بے برکتی کی نحوست نے چاٹ لیا اور انہی جھگڑوں میں شادی کا دن آن پہنچا، اختر دولہا بنا کھڑا تھا، چاچی کلثوم نے دوپٹے سے آنکھوں کی نمی کو پونچھا اور دولہے کا ماتھا چوم کر اُس کے ساتھ کھڑی ہوگئی، دولہے کی ماں ہو کر بھی اس کی گردن جھکی جھکی تھی اور وہ کبھی کبھی بہانے سے آنکھیں رگڑنے لگتی۔

اشرف اور باقی بھائیوں نے ڈھول کی تھاپ پر بھائی کی بارات پہ خوب بھنگڑے ڈالے۔ چاچے ناشکرے نے اپنی اوقات و حیثیت سے بڑھ کر بیٹے کے سارے شگن پورے کئے مگر پھر بھی اک نادیدہ سی نحوست، اداسی اور افسردگی نے پورے ماحول کو گھیر رکھا تھا جو محسوس ہوتی تھی مگر لفظوں کی گرفت میں نہیں آتی تھی۔

بارات ولیمہ سب خیر عافیت سے ہو گئے بس وہ نہیں آئے جن کا چاچی کلثوم کو انتظار

تھا کیسے آتے؟ کونسا کسی نے بُلایا تھا عارف نے اُن کے ولیمے کے چاول کھاتے ہوئے چاچے ناشکرے اور اشرف اختر سمیت اُس کے تمام لڑکوں کے لئے دل میں بڑی کدورت محسوس کی اور ان کو غصے سے دل میں گالیاں دیتے حسرت سے سوچا۔ "کاش وہ آجاتے، میں فرحان کے ساتھ پھر سے پرانی یادیں تازہ کرتا اور وہ فضہ بھی تو شاید آتی، دل میں کوئی چور بولا۔

"جانے کیسی ہوگئی ہوگی، کتنی سوہنی اور چاندی جیسی چمکتی تھی۔ اب تو اور بھی بکھر گئی ہوگی، جانے کہیں منگنی بھی ہوگئی ہو۔ بس اک بار دیکھ لیتا میں، پھر چاہے کسی کی بھی ہو جاتی مگر یہ چاچا ناشکرا۔"

ولیمہ سے اگلے دن سویرے سویرے اونچی اونچی رونے پیٹنے کی آوازوں پہ عارف ہڑبڑا کر اُٹھا، باہر چاچے ناشکرے کے دروازے پہ لوگوں کا ہجوم تھا وہ لوگوں کو اِدھر اُدھر دھکیلتا آگے بڑھا۔ سامنے چاچا ناشکرا ڈبی دار کھیس لئے ہمیشہ کی گہری نیند سو رہا تھا۔ جامد ساکت اور بالکل خاموش۔

عارف کے آس پاس اک خلا اُگ آیا۔ آس پاس سے کائیں کائیں کرتے کوے اُڑ کر نحوست پھیلاتے آسمان کی جانب پرواز کرتے گزرے تو وہ واپس آیا۔ یہ کیا ہوا اک دم سے؟ اک شور مچاتا شخص اچانک چُپ ہو گیا۔

چاچی کلثوم بین کرتی سینہ پیٹتی اشرف اختر کو کہہ رہی تھی۔ رے ساریوں کو فون کر دو، سہنیا کل دو بتادو خیر دین میں نوں چھڈ گیا، ہائے اوئے میری روبینہ کو چلا گیا۔ اوئے میجر اور بچوں کو بھی فون کر دو نانے کا منہ ویکھ لیں آکر۔"

جن کے ساتھ خوشیاں بانٹنے کو تھوڑی پڑ گئیں تھیں وہ غم کے دستر خوان پر ساتھ آبیٹھے تھے۔

روبینہ کا بڑا بیٹا ریحان کراچی سے جب پہنچا تو تدفین ہو چکی تھی باقی پہلے آ گئے تھے وہ بینک میں تھا کراچی کسی کام کے سلسلے میں گیا ہوا تھا، وہ جب آیا تو اشرف اُس کے گلے لگ کر دھاڑیں مار کر رونے لگا۔ میت کے بعد روٹی کھُل چکی تھی۔ عارف کے گلے میں روٹی کا نوالہ اٹکنے لگا۔ وہ دل ہی دل میں چاچے کی تائید و اثبات میں بولا۔

"بندہ کتنا ناشکرا اور تھڑدلا ہے۔"

Ref.: caarwan.com

***

خالی بالٹی

حامد یزدانی

اب مجھے اُنہیں ڈھونڈنا ہے۔

سرکاری دورے کا آج آخری دن ہے۔ پچھلے چار دن میں مختلف رسمی ملاقاتوں اور باقاعدہ اجلاسوں میں کچھ یوں الجھا رہا کہ نہ تو قدم ڈھاکہ کی چند سرکاری عمارتوں کی سفید راہداریوں میں بھٹکتے تذبذب سے باہر نکل پائے اور نہ ہی ذہن اکڑی ہوئی کرسیوں کو کھینچ کر مستطیل میز کے قریب کرنے اور پھر گھسیٹ کر دُور کرنے کی دھیمی دھیمی گونج سے آزاد ہو پایا۔

ایک نو قائم شدہ ملک کے دارالحکومت میں مصروفیات کی ترتیب یا بے ترتیبی کا اندازہ مجھے خوب ہے کہ میں نے ایک نیا ملک تخلیق ہوتے پہلے بھی دیکھا ہے۔ میں نے پاکستان بنتے دیکھا ہے۔ میں تب بھی سرکاری ملازمت سے منسلک تھا۔ انگریز سرکار کو رخصت ہوتے، ہندوستان کی تقسیم ہوتے میں نے دیکھا ہی نہیں بلکہ جھیلا بھی ہے؛ اپنے اعصاب پر، اپنے جذبات پر، اپنے خوابوں پر، اپنے رشتوں پر۔۔۔ کچھ کھوئے ہوئے پھر کبھی نہ مل سکے۔ مگر ان کے بدلے میں کتنے ہی اور پیارے مل گئے۔ میں نے خود کو سمجھا لیا ہے کہ زخم مندمل ہو چکا ہے کہ بظاہر اس کا نشاں بھی تو باقی نہیں۔

ہاں، نئے ملک میں ابتدائی دن واقعی بہت کٹھن تھے۔ ایک طرف سن ۴۷ء کے

آزاد آسمان سے برستی نئی نویلی بارش کی تازگی کا احساس اور دوسری طرف حالات کے ان نوکیلے پتھروں کی تپش جو عزم کے تلووں کو جھلسائے دے رہے تھے۔ میں اگرچہ سرکار سے سرکار تک ہی آیا تھا لیکن صورتِ حال یکسر مختلف تھی۔ ٹھاٹھ باٹھ کا تو خیر مجھے کچھ شوق نہ تھا اور نہ ہے مگر دارالحکومت کراچی میں سردار عبد الرب نشتر کی تازہ تازہ وزارتِ مواصلات کے جس دفتر میں میری تعیناتی ہوئی تھی وہاں تو سِرے سے بنیادی دفتری لوازم ہی موجود نہ تھے۔

سوچیں تو کتنے برس بیت گئے ہیں اُس بات کو۔ مگر دیکھیں تو لگتا ہے ایک لمحہ بھی نہیں بِیتا۔ دائرے کی طرح پھیلتا سکڑتا لمحہ جس میں نہ تو میرے قدم سرکاری عمارتوں کی راہداریوں میں بھٹکتے تذبذب سے باہر نکل پائے ہیں اور نہ ہی ذہن اکڑی ہوئی کرسیوں کو کھینچ کر مستطیل میز کے قریب کرنے اور پھر گھسیٹ کر دُور کرنے کی دھیمی دھیمی گونج سے آزاد ہو پایا ہے۔ کبھی کبھی یوں محسوس ہوتا ہے کہ جو خاکی فائل تب بغل میں دبائی تھی آج بھی میرے ساتھ ساتھ ہے۔ کراچی سے اسلام آباد، اسلام آباد سے ڈھاکہ تک یہ خاکی فائل میری ہم۔دم بھی ہے اور کسی حد تک میری ہم۔راز بھی۔ ایسی ہی وفادار فائلوں کا ایک دبیز پلندہ پیچھے میرا اسیکرٹری سنبھالے ہوئے ہے۔ جس کے پیچھے اُس کا اسسٹنٹ سیاہ ٹائپ رائٹر اٹھائے چلا آتا ہے۔

"سر، آج کا کام تو قریب قریب ختم ہوا۔ آپ ہوٹل چلیے۔۔۔ میں یہ فائل مکمل کر کے وہیں لے آؤں گا۔ یہ مجھے دے دیجیے آپ۔۔۔ ایک منٹ یہیں ٹھہریئے آپ، میں ڈرائیور کو ڈھونڈتا ہوں۔ اسے کہا بھی تھا کہ یہیں مرکزی دروازے پر رہنا مگر۔۔۔ خیر، بس ایک منٹ۔" سیکریٹری دائیں بازو میں دبوچی فائلوں کو بائیں بازو میں منتقل کرتا ہے اور دایاں ہاتھ آگے بڑھا کر مجھ سے فائل وصول کرتا ہے۔ اس سارے عمل کے

دوران میں اُس کی آنکھیں تیز تیز گردش کرتی ہوئی ڈرائیور کو تلاش کرتی رہتی ہیں۔"سر، کوئی شاپنگ وغیرہ کرنی ہو تو آج ہی کر لیجیے، کل کراچی کے لیے فلائٹ ہے۔۔۔ اور وہاں سے پنڈی، آپ جانتے ہی ہیں"۔وہ کہتا ہے۔

"ہُوں۔۔۔!"میں کچھ سوچتے ہوئے بس اتنا کہہ پاتا ہوں۔

مجھے یہاں سے کوئی خریداری نہیں کرنا، مجھے تو پاکستان واپس جانے سے پہلے کریم بھائی کو ڈھونڈنا ہے!ایک بار دیکھنا ہے انہیں۔اور بس!

مجھے یاد ہے چار سال پہلے۔۔۔سن ۷۰ کی سردیوں میں رُک رُک کر چلتی علاحدگی کی آندھی میں جب "بھولا" کی جان لیوا طوفانی شدت بھی آن شامل ہوئی تھی تو اپنے ہی مشرقی بازو سے زمینی اور ذہنی رابطوں میں تسلسل کتنا مشکل ہو گیا تھا۔کیا بتاؤں! ایک طرف لاکھوں جانوں کی تلفی کا غم اور دوسری جانب بے بہا احساسات کے خسارے کا دکھ۔بے اعتبار موسم اور گنجلک حالات کے جھکڑوں کا مقابلہ کرتے ہوئے کس مہم جوئی سے میں نے ان کا کھوج لگایا تھا، یہ میں ہی جانتا ہوں۔حالانکہ تب بھی وہ ریڈیو پاکستان سے منسلک تھے اور میری اطلاع کے مطابق ڈھاکہ ہی میں تعینات تھے۔مگر اس قدرتی آفت و غیض کی رفتار کے مقابل رفتارِ صدا بھی تو نہ ٹھہر پا رہی تھی۔یہ تو میرے اعلیٰ سرکاری عہدے کی دین تھی کہ ریڈیو کے ذمہ دار اہل کاروں کی مدد سے ان کی خیریت کی خبر مجھ تک پہنچ پائی۔اللہ بھلا کرے اپنے پرانے دنوں کے بنگالی ساتھی جلیل صاحب کا کہ ہم لگ بھگ ایک ہی دور میں سرکاری ملازمت میں آئے تھے، وہی اب اُدھر میرا موثر ترین رابطہ یا وسیلہ ٹھہرے۔

میں یہ کیسے بھول سکتا ہوں کہ اب سے کوئی پانچ برس قبل یہ جلیل صاحب ہی تھے جنھوں نے مجھے ایک روز ریڈیو پاکستان کراچی کے دورے کے دوران بتایا تھا کہ ہمارے

مشترکہ دوست کریم بھائی ڈھاکہ منتقل ہو رہے ہیں۔ میں اُس روز جلدی میں تھا۔ حکومت کے کچھ نئے اقدامات پر ایک انٹرویو ریکارڈ کروانا تھا اور پھر وہاں سے وزارتِ خارجہ کے دفتر پہنچنا تھا صدرِ مملکت کے دورۂ چین کی تفصیلات کے بارے میں ہونے والے ایک خصوصی اجلاس میں شرکت کے لیے۔ مگر کریم بھائی کے ڈھاکہ روانہ ہونے سے پہلے میں نے ان سے ملاقات کو بہرحال ممکن بنا لیا تھا۔ سچ بتاؤں تو کوششیں تو رنگ لائی تھیں میرے سیکریٹری نظامی صاحب اور ریڈیو والے جلیل صاحب کی، میں تو نتیجہ کا پھل کھا رہا تھا۔

شام کی چائے پر ملاقات طے ہوئی تھی میرے ہاں۔

میں نے ان دونوں کو گیٹ سے داخل ہوتے دیکھ لیا تھا۔ میں باہر برآمدے ہی میں تو بیٹھا تھا۔ درمیان سے مانگ نکالے، ناک پر عینک جمائے، چمک دار سیاہ بوٹوں کو ایڑھی تک ڈھانپے ہوئے ہلکی نیلی پتلون کے اوپر کو مُڑے پائنچے اور قدرے گہرے نیلے رنگ کی شرٹ میں اوپر کے دو بٹن کھلے چھوڑے ہمارے جلیل صاحب اور ان کے ساتھ بائیں طرف سے مانگ نکالے، کُھلا، ٹخنوں سے ذرا سا اونچا، سفید پاجامہ اور سفید یا سفیدی مائل بٹن بند کُرتا اور اس کے اوپر خاکی رنگ کی واسکٹ اور پاؤں میں بھورے سلیپرز پہنے کریم بھائی۔ میرے اندر اس لمحے ایک عجیب سا احساس کِھل اٹھا تھا؛ وہ خوشی تھی؟ دکھ تھا؟ حیرت تھی؟ فخر تھا؟ اطمینان تھا؟ نہ جانے کیا تھا۔ یا شاید کوئی ایک نہ تھا ان سب کا اور جانے کس کس کا مرکب یا مجموعہ تھا۔ مجھے سمجھ نہیں آیا۔

وہ تیز تیز قدم اٹھاتے برآمدے کی طرف بڑھتے آرہے تھے اور میں تھا کہ بس دیکھے جا رہا تھا۔ بالکل ایسے، بالکل ایسے ہی تھے وہ جب نئے سرکاری افسران کے تربیتی ادارے میں پہلی بار انہیں دیکھا تھا۔ بس سیاہ بالوں میں چاندی کی ملاوٹ ہو گئی تھی مگر وہ

بھی زیادہ نہیں۔ ان کے مقابلے میں جلیل صاحب اور میں عمر کی منزلیں زیادہ تیزی سے طے کرتے محسوس ہوئے۔ جلیل صاحب بھی بالوں کے جھنجھٹ سے کافی حد تک آزاد ہو چلے تھے اور میں۔۔۔ خیر میری بات چھوڑیئے، میں تو ہیٹ پہنتا ہوں۔ ہیٹ کے نیچے بالوں کی صورتِ حال۔۔! اب اس بارے میں غور کرنے کا وقت ہی کب رہا تھا وہ دونوں تو اب برآمدے کی سیڑھیاں چڑھ رہے تھے۔ کل تین سیڑھیاں تھیں۔ سیمنٹ کی فراخ اور ہموار سلیٹی رنگ سیڑھیوں کو دو سفید براق مدوّر ستونوں نے خواہ مخواہ بارعب سا بنا دیا تھا۔ میں کھڑا ہو گیا تھا۔ شفاف فرش پر احتیاط سے پاؤں رکھنے کے باوجود کریم بھائی کے سلیپرز کی آواز صاف سنائی دیتی تھی۔ لیکن میری توجہ تو ان کی روشن آنکھوں کی طرف مرکوز تھی جن کی چمک میرے چہرے کو نشانے پر لیے ہوئے تھی۔

"السلام علیکم، بھئی بنگلہ تو شان دار بلکہ بہت ہی شان دار ہے، میرے جناب!" انہوں نے برآمدے سے ملحق بہت ترتیب سے کٹے لان پر ڈھلتی دھوپ کی سنہری چادر کو دیکھ کر مسکراتے ہوئے پہلا جملہ کہا تھا۔ وہ مجھے 'میرے جناب' کہہ کر مخاطب کیا کرتے۔

"بنگلہ یعنی بنگلہ زبان۔۔۔ شان دار ہے؟" جلیل صاحب نے چھیڑتے ہوئے کہا۔

"ہاں بنگلہ زبان بھی شان دار ہے۔۔۔ اور زبان تو اُردو بھی کم نہیں۔ میں تو اس گھر کی بات کر رہا ہوں، بھائی۔" کریم بھائی نے شائستہ انداز میں جواب دیا تھا۔

"اور کیا خود شان دار نہیں ہیں یہ؟" جلیل صاحب شرارت آمیز دوستانہ لہجے میں بولے تھے۔

"ہاں، بالکل۔۔۔ بشرطیکہ یہ ہیٹ پہنے رہیں"۔ کریم بھائی نے جھٹ کہا تھا۔ اور ہمارا مشترکہ قہقہہ ان چڑیوں کی چہکار میں مدغم ہو گیا تھا جو برآمدے کے کونے سے جھانکتی گلابی پھولوں والی بیل سے اُڑی تھیں۔

"کریم بھائی کا سر دیکھ لیں، ویسے کا ویسا بھرا ہوا ہے اور بال بھی۔۔۔ بہت حد تک کالے ہی ہیں۔ دیکھ لیں آپ خود"۔ جلیل صاحب جانے کیوں بدستور شرارت پر آمادہ تھے۔

"بنگالی ہیں ناں، شاید اس لیے ابھی تک بال گھنے اور سیاہ۔۔۔" میں نے کچھ کہنا چاہا مگر جلیل صاحب نے اپنے سر پر ہاتھ پھیرتے ہوئے فوراً لقمہ دیا:

"جناب، بنگالی تو ہم بھی ہیں مگر ہم تو کب کے بے بال و پر ہو چکے۔۔۔"

"اپنے بالوں کے بارے میں بے پر کی مت اُڑائیے آپ!"۔ کریم بھائی نے مسکراتے ہوئے ان کے بال و پر کے محاورے کو دولخت کرتے ہوئے کہا تھا۔

ایک اور قہقہہ۔۔۔ اور پھر ہم ڈرائنگ روم میں آبیٹھے تھے جہاں چائے ہماری منتظر تھی۔

اِس سے پہلے کہ چائے کا آغاز ہوتا، ایک فون آگیا۔ ملازم نے ریسیور اُٹھایا اور میرے حوالے کر دیا۔ دوسری طرف سے کل صبح ہونے والی ہنگامی میٹنگ کی یاددہانی کروائی گئی اور فون بند ہو گیا۔ اور میں ایک بار پھر اپنے پرانے دو ساتھیوں اور خوب صورت یادوں کے جِلو میں واپس آگیا تھا۔

میں نے چائے دانی پر سے ٹی کوزی ہٹائی اور شفاف چینک سے بھاپ اگلتی چائے رنگین بیل بوٹوں سے سجے پورسلینPorcelain کے کپ میں انڈیلنا شروع کی تو جلیل بھائی بول اٹھے:"بس، بس، کافی ہے۔ آدھا کپ ہی کافی ہے میرے لیے۔"

"""سوچ لیں، چائے ہمارے ہاں کی بہت لذیذ ہوتی ہے۔" میں نے ہاتھ روکتے ہوئے کہا۔

"ٹھیک ہے۔ آپ کی چائے لذیذ ہے لیکن مجھے اپنی صحت عزیز ہے۔" جلیل

صاحب ہنس کر بولے۔

"تو اب آپ نے شاعری بھی شروع کر دی۔ لذیذ اور عزیز خوب ملایا ہے۔" کریم بھائی جلیل صاحب کی طرف دیکھ کر چہکے۔

"شاعری تو دور رہی میں تو تُک بندی بھی نہیں کر سکتا۔ ویسے رنگا رنگ پروگرام کرتے کرتے انسان ہر فن مولا سا بن جاتا ہے ریڈیو میں"۔ جلیل بھائی نے کہا۔

"جیک آف آل ٹریڈز۔۔۔ آپ کا مطلب ہے!" میں نے لقمہ دیا۔

"اینڈ۔۔۔ماسٹر آف نن"۔ کریم بھائی نے محاورہ مکمل کر دیا۔

"اور آپ۔۔۔؟" میں نے چینک کا رخ کریم بھائی کے کپ کی طرف موڑتے ہوئے پوچھا۔

"ارے میرے جناب! میں تو نہ جیک ہوں نہ ماسٹر۔۔۔ میں تو۔۔۔" کریم بھائی کچھ اور سمجھے تھے۔ میں نے کہا:

"وہ نہیں، میں تو چائے کا پوچھ رہا تھا۔ آپ بھی آدھا کپ ہی پسند فرمائیں گے یا۔۔۔"

"نہیں، نہیں۔ میں تو ابھی تک بھرا ہوا کپ پیتا ہوں۔ ایسڈیٹی Acidity کے بہانے تو جلیل صاحب کو زیب دیتے ہیں۔" کریم بھائی بولے تھے۔

"ہاں تو اب بتایئے، کیوں واپس جانا چاہتے ہیں آپ ڈھاکہ؟ کراچی اچھا نہیں لگتا کیا؟" میں نے چائے کی پہلی ہی چُسکی کے بعد کپ پلیٹ میں رکھتے ہوئے کریم بھائی سے پوچھا۔

"نہیں ایسی بات نہیں، میرے جناب! بس کافی دن ہو گئے اِدھر، سوچتا ہوں اب اُدھر کی بھی کچھ خیر خبر لی جائے۔" وہ دھیرے سے بولے۔

"خیر لیں نہ لیں خبر ضرور لیجیے گا، وہ ہمارا اچھیلا فاروق جب سے اُدھر گیا ہے پلٹ کر کبھی پوچھا تک نہیں۔۔۔ اس کی تو میری طرف سے بھی خوب خبر لیجیے گا۔" جلیل بھائی نے ہنستے ہوئے بات آگے بڑھائی۔

"آپ خود کتنی بار اُدھر گئے ہیں؟ جلیل بھائی!" کریم بھائی نے کپ میں چمچ گھماتے ہوئے اور کنکھیوں سے ان کو دیکھتے ہوئے کہا۔

"میری بات تو اور ہے نا کریم بھائی، نوکری ہے۔ اور پھر بیوی بچہ، گھر۔ خیر، آپ نے تو یہ "جھونجھٹ" پالا نہیں۔ مجھ سے پوچھیے۔۔۔ 'کیا کورے گا یہ شالا تھرڈ ورلڈ کا گرِیب باشندہ'؟" انہوں نے ہنستے ہوئے جان بوجھ کر بنگالی لہجے میں جواب دیا۔

"پھر بھی کریم بھائی آپ کیوں۔۔۔۔" میرا جملہ پھر ادھورا رہ گیا کیونکہ جلیل صاحب کی جملہ بازی پھر سے بازی لے جانے پہ تُلی ہوئی تھی۔

"ان کے بس میں ہو تو ٹائم مشین کے بِنا ہی انیس سو سینتالیس کے لاہور جا پہنچیں اور تیرہ چودہ اگست کی درمیانی شب لاہور ریڈیو سے پہلا اعلان کریں: 'یہ ریڈیو پاکستان' ہے۔"

"مگر وہ اعزاز تو ہمارے مصطفیٰ علی ہمدانی صاحب لے چکے۔ یہ تو بس قسمت کی بات ہے۔ کریم بھائی، یقین جانیے اُس وقت اگر آپ لاہور میں ہوتے تو یہ اعزاز آپ ہی کو ملنا تھا۔ مگر کیا کریں۔۔۔" اس بار میں نے خود ہی جملہ ادھورا چھوڑ دیا تھا۔ جلیل صاحب تو فرانسیسی رکابی میں سے بادام والا ایک بسکٹ اُٹھا کر صوفے پر نیم دراز سے ہو گئے تھے اور گراموفون پر دھیرے دھیرے بجتی بیتھوون کی دُھن پر سر دھن رہے تھے۔

"لیکن صاحب! وہ تو ایک بار کی بات ہے نا۔ اُس کے بعد آپ نے 'یہ ریڈیو پاکستان ہے'، 'یہ ریڈیو پاکستان ہے' کا اعلان کتنی بار کیا ہو گا، ریڈیو کے مائیک پر اس کی تعداد معلوم

ہو گی کسی کو؟ ان گنت بار۔۔۔ نہیں کیا؟" جلیل صاحب ان کے احساسِ محرومی کو کم کرنے کی کوشش میں کہہ رہے تھے۔

"کریم بھائی، یاد ہے آپ کو جب دِلّی ریڈیو پر آپ کا شُستہ اُردو لہجہ سُن کر۔۔۔ وہ۔۔۔ وہ۔۔۔ کیا نام تھا ان کا۔۔۔ ہاں صدیقی صاحب۔ حیران رہ گئے تھے صدیقی صاحب۔" میں نے بھی دل جوئی کی کوشش کی۔

"کیا آپ کو ان صاحب کا نام یاد ہے جو ہر بار چائے پر "تلفوظ" والا چٹکلہ سنایا کرتے تھے۔۔۔ اور کمال یہ کہ ہر بار "برینڈ نیو جوک" کہہ کر سناتے تھے۔ کیا وہ واقعی اتنے بھلکّڑ تھے یا پھر یونہی ہمیں بناتے تھے؟" کریم بھائی کی طبیعت کا بوجھل پن کچھ کم ہو رہا تھا۔ اس کے بعد کے لمحات کس تیزی سے گزرے، اس کا اندازہ لگانا مشکل ہے۔ کچھ باتیں کیں، کچھ دیر خاموش بیٹھے رہے۔ فضا پر بیتھوون کا آہنگ چھایا ہوا تھا یا جدائی کا بے چین رنگ!۔۔۔ یقین سے کچھ کہہ نہیں سکتا۔۔۔ پھر ان دونوں نے رخصت چاہی۔

شام کو میری بھی مصروفیت تھی۔ امریکہ سے آئے میری بیگم کے ایک کزن اور ان کی فیملی کھانے پر مدعو تھی پھر بھی میں نے تکلفاً ان دونوں سے رات کے کھانے تک رُکنے کے لیے کہا ضرور تھا۔ کریم بھائی نے سفر کی تیاری کو جواز بنایا اور جلیل صاحب نے انہیں گھر واپس پہنچانے کی ذمہ داری کی آڑ لی اور یوں دونوں چلے گئے۔

میں انہیں گیٹ پر رخصت کر کے لوٹا تو کچھ دیر وہیں برآمدے ہی میں بیٹھ رہا تھا۔ سورج اپنی دھوپ کی چادر سمیٹ چکا تھا۔ چڑیاں لان کے مرکز میں ایستادہ پیڑ کے سبز پتوں اور زرد کلیوں والے دامن میں کہیں چپ چاپ دبکی ہوئی تھیں اور ایسے میں ہلکی ہلکی ہوا کی سمفنی کی لے پر یادوں کی پنکھڑیاں ایک ایک کر کے دھیرے دھیرے کُھلنے لگی تھیں۔

کیا دن تھے وہ بھی!۔۔۔ جوانی، جوش، ذاتی ترقی کا ارمان، اجتماعی آزادی کا خواب اور ایک دھندلا سا منظر جس میں رفتہ رفتہ ایک سبز ہلالی پرچم واضح ہوتا جاتا تھا۔ دو ہاتھ جو اسے فضا میں لہرائے جارہے تھے۔ اور پھر جناح کیپ پہنے اس روشن ہیولے کے پس منظر میں کریم بھائی کا پُرجوش دمکتا چہرا اور ایک نعرہ: 'پاکستان زندہ باد'۔ اور بس۔ شاید یہی ان کا کل اثاثہ تھا۔ یہی ان کا خواب تھا اور یہی ان کی منزل۔ اپنے حقیقی رشتہ داروں کے بارے میں بہت کم بات کرتے تھے۔ ایک بار میں نے پوچھا تو بس اتنا کہہ پائے "سن چھیالیس کے کلکتہ فسادات بہت کچھ چھین لے گئے، اب کس کس کو یاد کروں، کس کس کا ماتم کروں!" اور خاموش ہوگئے۔ وہ کیسے مغربی بنگال پہنچے؟ کہاں کہاں رہے؟ کیسے رہے؟ ان سوالوں کے جواب گویا ایک ایسے کینوس پر نقش تھے جو آنکھوں کو تو بہرحال خالی دکھائی دیتا ہے؛ کورا کینوس۔

"آپ کا اپنا کوئی گھر تو ہوگا!" میں نے پوچھا۔ تو پرچم لہراتے ہوئے بولے: "گھر بنانے ہی تو جارہا ہوں۔ اپنا گھر۔"

"پگلے ہیں آپ تو کریم بھائی۔ بالکل پگلے۔" میں نے مسکراتے ہوئے پیار سے کہا۔ وہ معصومیت سے پرچم کو دیکھے جارہے تھے۔

پھر ان کا گھر بن گیا۔ پاکستان کے قیام پر انہوں نے ریڈیو ہی سے منسلک رہنا پسند کیا۔ دِلّی، ڈھاکہ، کراچی اور اب پھر ڈھاکہ۔۔۔!

زندگی کی تصویریں ایک ایسی تیز رفتار ریل گاڑی کی طرح یادوں کے اسٹیشنز سے گزرتی چلی جارہی تھیں جس میں ماضی، حال اور مستقبل شاید ایک ہی ڈبے میں سوار۔۔۔ بند کھڑکیوں میں سے جھانک رہے تھے۔

ہماری الوداعی ملاقات کو کچھ دن ہی گزرے ہوں گے کہ کریم بھائی ڈھاکہ چلے

گئے۔ کس دن ؟ مجھے پتہ نہیں۔ ان دنوں دفتری کام بہت بڑھ گیا تھا۔ تاہم مجھے اطلاع مل گئی تھی۔

اور پھر جیسا کہ ہوتا آیا ہے۔۔۔ زندگی کی گاڑی کی رفتار اور بھی تیز ہو گئی تھی۔ بھولا طوفان کی تباہ کاری کا سُن کر سوچا تھا کہ سرکاری وفد کے ساتھ سفر کا جواز بن جائے گا مگر صدر صاحب چین سے سیدھے ہی ڈھاکہ چلے گئے تھے ایک دن کے لیے۔ سو میں نہ جاسکا۔ طوفان تو خیر رفتہ رفتہ کم زور پڑ گیا مگر باہم عدم اعتماد کی اس لہر کو اور بھی مضبوط اور منہ زور بنا گیا جس نے آنے والے دنوں میں ضبط کے کئی پُشتے خس وخاشاک کی طرح بہا دیئے۔

میں تب ڈھاکہ تو نہیں جاسکا تھا مگر میں نے ملک ہاتھوں سے جاتے ضرور دیکھا۔ دل کی شکستگی کا نظارہ کیا، بھیگی بھیگی خاموشی کے ساتھ، پتھرائی پتھرائی آنکھوں کے ساتھ۔۔۔ پھر زندگی کی گاڑی جیسے حالات کی کسی پراسرار سرنگ میں داخل ہو گئی تھی۔ جس میں شور تو سنائی دیتا تھا مگر کچھ صاف دکھائی نہ دیتا تھا۔ مناظر عجب ڈھنگ میں گڈ مڈ سے ہو رہے تھے۔ جیسے فلم کی ایک رِیل ختم ہونے سے پہلے ہی دوسری رِیل چل پڑی ہو اور پردے پر بے ہنگم آوازیں اور تصویریں باہم الجھ رہی ہوں۔

پھر آہستہ آہستہ سرنگ کے دوسرے دہانے کا اجالا سا قریب آتا محسوس ہوا۔ تسلیم و رضا کی منزلوں سے گزر کر سن ۷۴ کی فضا میں نکل آئے تھے ہم۔ ادھورے اور دھندلے دوطرفہ معاملات کو مکمل اور واضح کرنے کی کوششیں آغاز ہوئیں تو وفود کے سرکاری تبادلوں کا بازار بھی گرم ہوا۔ ایسے ہی ایک پانچ روزہ سرکاری دورے کا میں بھی حصہ ہوں جو اب ختم ہونے جارہا ہے۔

اور میرے ذہن و دل پر ایک ہی خیال چھایا ہوا ہے کہ کل واپسی کی پرواز ہے۔ اور

اس سے پہلے مجھے کریم بھائی کو ڈھونڈنا ہے۔

سرکاری اثر و رسوخ استعمال کر کے اتنا معلوم کر چکا ہوں کہ سقوطِ ڈھاکہ کے بعد انہوں نے ریڈیو کی ملازمت ترک کر دی تھی اور ڈھاکہ سے کوئی ایک گھنٹے کے فاصلے پر کومِیلا کے علاقے میں جا بسے تھے۔ پھر کچھ عرصہ بعد وہاں سے بھی آگے جمال پور میں دیکھے گئے تھے۔

اب کار جمال پور کی طرف رواں دواں ہے۔ ڈھاکہ سے جلیل صاحب کو بھی میرے ساتھ ہی آنا تھا مگر انہیں اچانک کسی ضروری مصروفیت نے آن لیا۔ کہنے لگے کہ میں روانہ ہو جاؤں مجھے وہیں ملیں گے، سکول والی گلی کی نکڑ پر۔ تین گھنٹے سے زیادہ وقت لگا ہے مجھے یہاں جمال پور پہنچنے میں۔ سکول والی گلی کی نکڑ، جلیل صاحب اور پگلے بابا کا گھر۔ سب کتنی آسانی سے مل گئے ہیں۔ کریم بھائی کو پگلے بابا کا خطاب وقت کی عطا ہے یا حالات کی، کون جانے!۔ ڈرائیور نے سرکاری کار کچھ دور نیم پختہ راستے پر ہی روک لی ہے۔ سامنے کچا راستہ ہے جو سادہ سے، خستہ سے گھر پر جا کر ختم ہو جاتا ہے۔ ادھر قدم بڑھاتے ہوئے میں گویا بڑبڑاتا ہوں:

"کریم صاحب ریڈیو کیوں کر چھوڑ سکتے ہیں۔ ریڈیو تو ہمیشہ سے ان کا عشق رہا ہے؟"

"آپ کچھ بھول رہے ہیں۔ ان کا عشق محض ریڈیو نہ تھا جناب، ایک خواب بھی تھا۔" جلیل صاحب اپنے دونوں ہاتھ نیلی پتلون کی جیبوں میں ڈالتے ہوئے چلتے چلتے کہتے ہیں۔ "سب کچھ ہو جانے کے بعد کی بات ہے۔ مجھے یاد ہے جب کریم بھائی ریڈیو سٹیشن پہنچے تھے تو میں بھی وہیں تھا۔ سٹوڈیو میں داخل ہوئے تو حسبِ عادت ایک نظر دیوار پر آویزاں گھڑی اور اس کے نیچے لگی بتّی پر ڈالی۔ جو ابھی سبز تھی۔ پھر ایک نظر سٹوڈیو کے گول میز پر ڈالی اور آہستہ سے بولے:" یہ سُرخ دائرہ یہاں کیوں ہے؟" عجیب ترسیدگی

کے عالم میں مجھے مُڑ کر دیکھا اور کرسی کی پشت کا سہارا لیا۔ مجھے لگا ابھی گر جائیں گے۔ میں نے بیٹھنے میں مدد کی۔ شیشے سے دوسری طرف عملہ بالکل مستعد اور منتظر تھا اور اس خوش نصیب براڈ کاسٹر پر رشک کر رہا تھا جسے نوزائدہ ملک کے قیام کے بعد پہلا اعلان کرنے کا اعزاز حاصل ہونے جا رہا تھا۔ ایک نظر انہوں نے حسبِ عادت اُدھر دیکھا۔ پھر ایک نظر سامنے میز پر پڑے کاغذ پر ڈالی اور جیسے وہیں پتھرا سے گئے۔ ان کے منہ سے نکلا:'یہ ریڈیو۔۔۔۔ یہ ریڈیو پ۔۔۔پپا۔۔ ب۔۔۔ ب۔۔۔'وہ آگے نہیں پڑھ پائے تھے۔ میں انہیں باہر لے آیا تھا۔ بس پھر وہ خاموش ہو گئے۔ بہت خاموش اور غالباً بہت اکیلے بھی۔" یہ کہتے ہوئے جلیل بھائی کواڑ پر ہلکی سی دستک دیتے ہیں۔ میں دیکھتا ہوں کہ بارش خوردہ شکستہ چوبی دروازے کے دونوں کواڑ ٹیڑھے میڑھے سے ہیں۔ بائیں طرف صحن میں ہینڈ پمپ لگا ہے جس کے نیچے ٹین کی ایک بالٹی پڑی ہے۔

ایک بھری ہوئی بالٹی۔

جلیل صاحب پھر سے دروازہ کھٹکھٹاتے ہیں۔ تھوڑی دیر خاموشی۔۔۔ پھر سلیپرز گھسٹنے کی شناسا سی آواز اور پھر۔۔۔ آہستہ سے دروازہ کھل جاتا ہے۔ وااااہ۔ سامنے کریم بھائی کھڑے ہیں۔ گردن ذرا سی خمیدہ، بالوں میں چاندی کی شرح میں کچھ اضافہ، مگر آنکھوں میں چمک وہی۔ مجھے دیکھ کر مسکراتے ہیں۔

"ارے، ارے آپ میرے جناب! آیئے آیئے اندر تشریف لایئے۔" وہ ہاتھ آگے بڑھاتے ہوئے کہتے ہیں۔ "ایک ایک کپ چائے ہو جائے"۔

میں ان کا ہاتھ تھام لیتا ہوں مگر نہ بولتا ہوں اور نہ قدم اٹھاتا ہوں۔ بس انہیں دیکھے جاتا ہوں۔

"جلدی میں ہوں۔ آج ہی واپسی کا سفر ہے۔ پھر آؤں گا تو ضرور پیوں گا۔ بھرا ہوا

کپ پیوں گا۔ وعدہ۔۔۔ ابھی تو کار تیار کھڑی ہے۔" میں ادھر اشارہ کرتے ہوئے کہتا ہوں۔

اچھا تو ٹھیک ہے۔۔۔ جیسے آپ کی خوشی۔" وہ نرمی سے کہتے ہیں۔ پھر میرے پیچھے کھڑے جلیل صاحب کو دیکھ کر مسکراتے ہیں: "ویسے تو آدھے کپ والے بھی آپ کے ساتھ ہی ہیں"۔ ایک پھیکی سی ہنسی!

"یہ کیا کریم بھائی! آپ سب کچھ چھوڑ چھاڑ کریوں۔۔۔ آخر کیوں؟" میں اتنا ہی کہہ پاتا ہوں۔

"پتہ نہیں، میں کم زور ہو گیا ہوں یا بوڑھا یا پھر عادی۔۔۔ پتہ نہیں۔۔۔ 'یہ ریڈیو' کے بعد ہمیشہ 'پاکستان' ہی بولا تھا۔ کیا کرتا! بس نیا اعلان زبان سے نکلا ہی نہیں۔" وہ کہتے ہیں۔ بے بسی اور فخر کو یوں یکجا دیکھنے اور سننے کا یہ میرا پہلا موقع ہے۔

"نہیں آپ کمزور نہیں ہیں۔ بات بس اتنی سی ہے کہ حکومتوں کے ساتھ اعلانات بدل گئے ہیں۔ یہ تو ہوتا ہی ہے نا۔ آل انڈیا ریڈیو سے ریڈیو پاکستان اور اب۔۔۔ ریڈیو بنگلہ دیش یا بنگلہ دیش بے تار، جو بھی کہہ لیجیے۔ ریڈیو تو قائم ہے بس پاکستان ٹوٹا ہے۔" میں ہمت کر کے الفاظ کو حتی المقدور با معنی رکھتے ہوئے بہت محتاط اعلامیہ سا جاری کرتا ہوں۔ جانے میں کیا کہنا چاہتا ہوں!

"پاکستان ٹوٹ گیا، یہ کیا بات کی آپ نے میرے جناب؟ پاکستان کیسے ٹوٹ سکتا ہے بھلا؟" وہ ہڑبڑاتے ہیں جیسے برق کے کوندے نے اچانک کسی بچے کی نیند اچک لی ہو۔

"پاکستان تو بہرحال۔۔۔ میرا مطلب ہے کریم بھائی۔۔۔ اب آپ کو اور ہمیں۔۔۔ حقیقت۔۔۔" میں کچھ کہنا چاہتا ہوں لیکن۔۔۔

"پاکستان کیسے ٹوٹ سکتا ہے، آپ بھی عجیب بات کرتے ہیں، کون پاکستان توڑ سکتا

ہے۔۔۔ پاکستان تو میرا خواب ہے۔۔۔ میرا اپنا خواب۔۔۔ کوئی بھلا کیسے توڑ سکتا ہے میرا خواب!؟۔۔۔ کوئی نہیں۔۔۔ آپ بھی نہیں میرے جناب، سن لیجیے۔۔۔ آپ بھی نہیں۔۔۔"

فضا میں عجیب سا ابہام گُھلنے لگا ہے۔ اکڑی ہوئی کرسیوں اور دفتری راہداریوں سے اتنے دُور بھی مجھے نہ جانے کیوں تذبذب کی ہلکی ہلکی سی گونج سنائی دینے لگی ہے۔ شاید خاموشی بجنے لگی ہے۔ اب کے بادل بادل گھر آتی جدائی کے رنگ میں بیتھوون کا آہنگ کہیں سنائی نہیں دے رہا۔ جانے کیا ہوا ہے!

پگلے بابا میرے چہرے کو اپنی آنکھوں کی چمک کے نشانے سے آزاد کر کے گھر کی طرف پلٹ رہے ہیں۔۔۔ پھر سے اپنے خواب میں داخل ہونے کو۔۔۔ اور۔۔۔ کار کارُخ کرتے ہوئے میں دروازہ بند ہونے کی آواز سنتا ہوں۔۔۔ بارش خوردہ چوبی دروازہ جس کے دونوں کواڑ ٹیڑھے میڑھے ہیں۔ بائیں طرف صحن میں ہینڈ پمپ لگا ہے جس کے نیچے ٹین کی ایک بالٹی پڑی ہے۔

ایک خالی بالٹی۔

Ref.: caarwan.com

***

امانت سولہ آنے

شاہین عباس

شہر میں کچھ بن رہا تھا۔ کیا بن رہا تھا، یہ اندازہ ذرا مشکل ہی سے ہو پاتا۔ صورت کچھ یوں تھی کہ اندازہ لگانے والے فیتے اور فرلانگ اپنی قدر کھو بیٹھے تھے۔ فیتے، لوہے کے صندوقوں میں پڑے تھے اور صندوقوں کی پیشانیوں پر بڑے بڑے تالے خالی خولی کھڑاک کے لیے ڈال دیے گئے تھے۔ چلتی ہوا کے ساتھ ساتھ بے طرح کا کھٹکا کھڑاک، جیسے لوہا، لوہے سے بجتا ہو یا بھڑتا ہو۔ دونوں آوازوں میں فرق کرنا ممکن نہیں تھا۔ رہے فرلانگ، تو وہ زمین کے اندر پرت، دو پرت گھنے، گھنیرے پردوں میں جا چھپے تھے کہ ایسے نامحرم میٹروں اور کلو میٹروں کے بیچ پردگی کی یہی شرط عائد ہوتی تھی۔ گویا نامحرموں سے حجاب کا معاملہ اِنھیں وقتوں پر تو اٹھا رکھا گیا تھا۔ یعنی یہی اوقات اور دن رات مینہ کی پھوار کی طرح ننگ منگے اُس طرف رواں دواں رہتے جہاں قیامت کا میدان سجنے کی شنید تھی۔ آج نہیں تو کل یا ہو سکتا ہے آج ہی سے، ابھی ہی سے! مگر اِن سب باتوں کا مطلب یہ بھی نہیں کہ شہر میں تعمیر، نو تعمیر کی اپنی کوئی شناخت سامنے نہیں آرہی تھی۔ وہ تو آ ہی رہی تھی، اور کیسے نہ آتی کہ خزانے کی چوری کو حلال ثابت کرنے کا یہ ایک ٹوٹکا بھی تو تھا کہ سولہ آنے میں سے بارہ آنے جیب میں چھپا لیے اور باقی چار کا چاند تارا سڑک پر گھما پھرا دیا۔ اِسی لیے ساتھ ہی ساتھ یوں لگتا کہ یہ تعمیرِ

نو، اضافے، ترامیم، ماڈل سٹی یا مثالی شہر کی طرف پیش قدمی، اندر ہی اندر تخریب اور توڑ پھوڑ کی اپنی ساکھ کا معاملہ تھا۔ وقت کے ساتھ ساتھ بارہ، چار سولہ کا یہ حساب سینہ بہ سینہ کچھ زیادہ چڑھ دوڑا تھا، اور ہر کسی پر تو کھل بھی نہیں رہا تھا۔ پوروں اور پوٹوں کے سدھائے ہوئے ریاضی دانوں کا رجسٹر تو بند ہی سمجھیے اور کاروبار ٹھپ۔ دکان اگلے چوک میں منتقل ہوگئی اور اگلا چوک کہاں منتقل ہوا، آج تک کھل نہ سکا! اگر کہیں کچھ کھلا بھی تو ایسے، جیسے سر پر رکھی ہوئی گٹھڑی کی گرہیں ایک کے بعد ایک، ڈھیلی پڑنے لگیں اور اندر اندھیارے میں جو آٹا دال بھی بندھا چلا آرہا ہو، رہ رہ کر زمین پر گرتا رہے۔ گلیوں گلیوں اناج کی آڑی ترچھی لکیریں کھنچتی جائیں، جیسے سانپ پھر گیا ہو، اور پیچھے چلنے والے لکیروں کا جو مطلب چاہیں نکالتے رہیں۔ کلیمی کا پٹا ہوا پہاڑی برادہ یا کچھ اور، طورِ سینا کی کوہستانی ڈھلوانوں سے لڑھکتا ہوا پارہ پارہ اور ریزہ ریزہ، بعد میں جس کا نام لینڈ سلائڈنگ پڑا اور مون سون کی بارشوں میں نشیبی علاقوں کے رہائشیوں کو انخلا کے کاشن دیے جانے لگے۔ وہ لوگ سال سال بھر اپنے مکانوں دکانوں میں آتے جاتے، سر اٹھا اٹھا کر اُوپر چوٹی کو محتاط نظروں سے دیکھتے رہتے، جیسے ابھی ابھی چٹان کے نہیں آسمان کے نیچے آنے کا اعلان سن کر آرہے ہوں۔ میں نے کہاناں کہ یہ سارا بننا بنانا یوں جانیے کہ سر پڑی افتاد کا اُلٹ پھیر تھا، جس کی تاریخ کو ضرورت تھی نہ جغرافیے کو۔ بس اِن دو کے مابین معلق انسان نے ہنڈولا جھولتے رہنے کا بہانا ڈھونڈ لیا تھا اور اُسے وقت گزاری کا انعام الگ سے ملنے لگا تھا، جس سے اُس کی آنکھوں میں سور کا بال آگیا تھا اور توند کا مٹکا سامنے کی دیوار سے ٹکرانے لگا تھا۔ وہ ایک چکر اور، ایک چکر اور کی گردان کرتا کتنے ہی چکر دے چکا تھا اور ہنوز دائرے سے باہر کھڑا تھا۔ کبھی کسی چوراہے کی کھدائی بھرائی اور کبھی کسی کی۔ ٹھوکر پر ٹھوکر کھائی، آنکھیں جھپکتے ہوئے ایک لمحے کو رُکے، راستہ سمجھ میں نہیں آیا تو ذرا

سر کو کھجایا کہ خدایا شہر کہاں گیا، دوسرے چوراہے کے اندر سے اپنی راہ نکالی، چھینٹے اُڑے، جیسے متبادل گلی نے اجنبی کو بہ خوشی قبول نہ کیا ہو، پائینچوں کو ٹخنوں تک اٹھاتے، سرکاتے، خدا خدا کرتے گھر پہنچ ہی گئے۔ ایک مشکل تو بہر حال تھی کہ ٹخنوں سے نیچے کیچڑ تھا اور اوپر پنڈلیوں کے قریب ستر کا علاقہ۔ اب ستر دکھا کر ہی چھینٹوں چھپاکوں سے بچا جا سکتا تھا۔ پیچھے شہر تھا یا نہیں تھا، مگر آگے گھر ضرور تھا۔ سائیکل صحن کی دیوار سے ٹکائی اور ہینڈل سے تھیلا اتارتے ہوئے سوچا کہ یہ چور دروازہ بھی نہ ہوتا، تو آج رات کھلے آسمان تلے بلدیہ کے بلڈوزر اور بیلچے گنتے ہی گزر جاتی۔ بیلچے اور بلڈوزر کس کس نشیب کی دریافت کے لیے بنے ہیں۔ پہلے یہ نشیب کو دریافت کرتے ہیں، اندر کی مٹی باہر اور باہر کی اندر۔ پھر کام ختم کرنے کی جلدی میں اندر کیا اور باہر کیا۔ اپنے ہی کیے کرائے پر پانی پھیر دیتے ہیں اور سندِ تکمیل پانے کے لئے سرپٹ دوڑتے ہیں۔ کمیٹی، کچہری میں تو اِنھیں کے چھوٹے بڑے بغلوں میں فردیں دبائے دندناتے پھرتے نظر آتے ہیں۔ مہریں اور ٹھپے دِکھا دِکھا کر اپنا ناواں کھرا کرتے ہوئے شلوار کی جیب میں ڈالتے جاتے ہیں۔ اُسے شلوار کی جیب دیکھتے ہی وہم ہوتا کہ درزی اِس تہ خانے کو بناتا ہی اِس لیے ہے، ورنہ تو کُرتے کے بائیں جانب دل کے اُوپر والی جیب ہی کافی تھی۔ یہ جو انگلی کو زبان سے مس کرتے ہیں کہ پور دو پور اندر کے رَتی دو رَتی نم سے ذرا سیل جائے تو ایک دوسرے کے ساتھ لپٹے ہوئے نوٹ الگ الگ اور ٹھیک ٹھیک شمار کر لیے جائیں، یہ لوگ خود بھی تو بے شمار ہیں اور اُسی طرح تہہ بہ تہہ پڑے ایک غلے سے دوسرے میں اور دوسرے سے تیسرے میں دوڑتے پھرتے ہیں، جیسے کرنسی کے کاغذ۔ کسی نے اِن کو بھی رال دو رال کی سیلن کے عوض ہمیشہ ہمیشہ کے لیے رواں کر رکھا ہے، جیسے گٹھی پر گٹھی گن گن کر تجوری میں پھنکوائی گئی ہو۔ جہاں ذرا گیلا کم پڑا اور ایک کی پشت دوسرے کے ماتھے سے چپک گئی، تو وہی لعاب کا

دار و چلا اور گنتی پھر سے شروع۔۔ وہ سوچتا رہتا: یہاں تک کہ کسی اور کی پوروں کا سیلا کسی اور کے ماتھے پر محسوس ہونے لگتا۔ لفٹی کا تو جیسے روز کا معمول تھا کہ وہ سڑک کے درمیان کھڑے ہو کر کچھ دیر تک دورویہ کا مرکز تلاش کرتا، یا ایسی وضع بنالیتا کہ زمانے کو دکھا سکے کہ اُس کی آنکھیں کسی گم شدہ کی کی متلاشی ہیں۔ شہر کا ایک وسط مغلوں نے معلوم کیا تھا، جسے انگریز سرکار نے منسوخ کر دیا اور نئے دور میں نیا درمیان لے آئے۔ وہ گئے تو نقشہ پیچھے چھوڑ گئے۔ اِدھر کے مسلمانوں کو اپنا حصّہ ملا۔ نقشے کی کھینچا تانی شروع ہوئی۔ نو وارثوں سے جہاں جہاں جو لکیر بن پڑی، کھینچ دی۔ لکیر تو لکیر ہوتی ہے: نئے وارثوں کی لگائی ہوئی ہو یا قدیمی وارثوں کی، کاٹ کے رکھ دیتی ہے۔ ہاتھ آئے ہوئے شکار کو کھائے نہ کھائے، مگر کتر کتر کر تکہ بوٹی اِدھر اُدھر پھینکتی تو رہتی ہے، یوں جیسے سالم تھان کے پارچے ہوں اور پھر پارچوں کی کترنیں۔ بزاز خوش کہ شام سے پہلے پہلے سارا کپڑا بک گیا مگر خریدارا ایک ایک لیر کے تعاقب میں ہوا کے ساتھ ساتھ کبھی اِدھر کبھی اُدھر۔ ایسی رسّا کشی میں سب سے بڑھ کر نقصان بھی مرکز ہی کا ہوتا ہے اور سب سے بڑھ کر بے ہنگم گھڑ دوڑ بھی اِسی کے گرداگرد ہوتی ہے۔ لفٹی! یہ خطاب اُسے کب اور کیسے ملا، اور کس نے اُسے چلتے ہوئے دیکھ کر اُلٹا سیدھا آوازہ اُس کی طرف اچھال دیا، لفٹی اوئے، کچھ نہیں معلوم۔ مگر تھا تو یہ اُسی ابجد سے چرائے ہوئے چار حرفوں کا مرچ مسالہ، جس کے چٹخاروں کی سرڑ سرڑ اُس کی گھٹی میں بھی شامل تھی اور دہن سے ہوتی ہوئی کانوں تک سے دھواں نکلوا رہی تھی۔ اُس نے زور زور سے گیند کو اچھلتے دیکھا تو آنکھیں اُوپر نیچے اٹھاتا گراتا ہوا، بھاگا۔ فرار کے لیے نہیں، بلکہ گرفتاری کے لیے۔ گیند ٹھپے کھاتی ہوئی آخری بار اٹھی۔ قبل اِس کے کہ گیند آخری اچھال کے بعد زمین پر جہاں جگہ ملتی، خاموشی سے جا پڑتی، اُس نے ہوا میں دونوں ہاتھ بلند کرتے ہوئے، یا یوں کہنا

چاہیے کہ پست کرتے ہوئے، یہ گولا کیچ کر لیا اور اپنی ہی وکٹ گرا دی۔ اُس کا سارا زور پاؤں کے پنجوں پر پڑا، ایڑیاں زمین سے اوپر اٹھیں، ایک کچھ کم ایک زیادہ، تو اُسے اندازہ ہوا کہ وہ نارمل انسان نہیں، پیدائشی ابنارمل ہے۔ نارمل ہوتا تو گلی کی اینٹوں سے عمود بناتی ہوئی ایڑیاں دونوں خط برابر برابر کھینچتیں اور پنجوں پر ایک جیسا وزن پڑتا۔ مگر اُس کی بائیں ٹانگ نے تو جیسے بار برداری سے معذوری ہی ظاہر کر دی۔ بس وہیں مساوات پر سے اُس کا یقین اٹھنے لگا۔ ایک آخری حیلے حربے کے طور پر سہی، وہ الف ایسی سونٹی کی سونٹی اور سونڈ کی سونڈ کو یوں سہلانے لگا کہ خود سارے کا سارا دائیں ٹانگ پر جا گرا اور پھر عمر بھر وہیں پڑا رہا۔ ایک دن وہ جب نام رکھے گئے اور ایک دن یہ کہ جب نام بگاڑے گئے، دونوں ایک سے لگے۔ اُس نے گلی میں بکھری ہوئی اپنی کتابیں کاپیاں اٹھائیں اور گھر میں داخل ہو گیا۔ جانے اُس نے کس وقت ان کاپیوں کتابوں کے سرورق پر نام طالبعلم کے خانے میں نام تبدیل کر دیا۔ بس پھر تو حاضری رجسٹر میں لفٹی، سیکنڈری بورڈ کے سر بمہر کھاتوں میں لفٹی۔ سلایا گیا تو لفٹی، اور جانچ پڑتال کے بعد دوبارہ جگایا، تو بھی لفٹی۔ 'سرکار نے اِدھر کی آبادیوں کو چھیڑا۔ اُدھر کچھ نہیں کہا۔ یہ کہاں کا انصاف ہے'' اچھا ریٹ بھی تو دیا، جن کی رجسٹریاں تھیں۔ ملبے کے الگ پیسے۔'' مگر اوقاف کی زمینوں والے تو مارے گئے بے چارے'' اب دیکھیے! سڑک ایک طرف کچھ اور ہے اور دوسری طرف کچھ اور۔ کتنی بُری لگتی ہے'' یہ کیا تماشا ہے کہ شہر آنے والوں کے لیے تنگ ہو اور جانے والوں کے لیے کھلی ڈُلی سڑک'' ہو نہ ہو۔ یہ فٹ پاتھ کو ذرا اِدھر سرکائیں گے۔ اُن کے لیے مشکل تھوڑی ہے۔'' فٹ پاتھ ہے بھائی، کوئی سر کی مانگ تھوڑی ہے کہ بیچ میں نہیں جچی، تو دائیں بائیں کہیں بھی کھسکا دی، پیچھے چٹیا بنا دی، جوڑا بٹھا دیا کہ مانگ ٹکی رہے، تو ٹکی رہے گی'۔ 'آپ دیکھ لیجیے گا۔ اِسی لکیر کو دھکیلا جائے گا اِدھر۔ اُدھر کس کی مجال ہے کہ

بلڈوزر چلائے!''ہاں اُدھر تو جیسے اُن کے بڑوں کی قبریں ہیں نا''تھانہ ہے، جیل ہے۔ پوسٹ مارٹم والا بیٹھتا ہے۔ قبریں تو ہیں''ایک ایک میں ستر، ستر'سہراب مارکہ اٹھارہ انچ کی نیلی سائیکل جو لفٹی کو ایک دُنیا سے نکال کر دوسری دُنیا میں لے جاتی، گزشتہ بیس برس سے اُس کے پاس تھی۔ 'براق کی زین بھی کیا زین ہے۔ چمڑے کی سیاہ کاٹھی اور اُوپر خاکی جین جیسے فوجی وردی، اُس کے اُوپر میں۔ سب سے اُوپر اللہ میاں اور وہ ہ ہ ہ ہ رہی نیچے، سب سے نیچے خلقِ خدا۔ پِدی پِدی سی۔ بونے بونیاں۔ ماسی چیونٹی، خالو چیونٹا۔ چاچی سُنڈی۔ چاچا سُنڈا''نیچے اُتر آؤ بھائی۔ یہ آسمانی سواری نہیں۔ نیلی ہے تو کیا ہوا!''اور کیا۔ ہیں تو دو ہی پہیے ناں۔ کوئی سو تھوڑی ہیں!''کئی کئی بار کی پھٹی ہوئی ٹیوب، جگہ جگہ پنکچر اور اللہ میاں کی مہمان'

'ابے سائیکل نہ ہوئی، دُلھن ہوئی۔ جب دیکھو لش پش۔ لش پش''کوچی سے رگڑ رگڑ کر چمکانا کوئی تم سے سیکھے۔ بندے کو اپنا منہ نظر آجاتا ہے لوہے میں''یہ تو صبح کنگھی بھی اِسی شیشے میں کرتا ہو گا۔''اور یہ جھنڈیاں دیکھو۔ یوں لگتا ہے مسہری سجا بنا کر گھر سے باہر دھکیل دی ہو۔ جاؤ وہیں سڑک پر سہاگ، سہاگ کھیلو! السلام علیکم، میں نے وضو کر لیا ہے۔ اٹھو اور تم بھی وضو کرو۔ پہلے شب عروسی کے دو دو نوافل ہو جائیں۔ پھر کچھ اور'۔

'پیارے میاں جتنا تمھارا اپنا وزن ہے، اُس سے زیادہ کے تو یہ گڈی کاغذ چپکا رکھے ہیں جگہ جگہ''کوئی منت مراد پوری ہوئی ہے کیا' بڑے چوراہے پر سگریٹ ہونٹوں میں دبائے ہوئے لوگ گردنیں اُوپر کیے اُسے دیکھ دیکھ کر چلاتے رہتے، جیسے کش لگا لگا کر دھواں اُوپر کو اُڑا رہے ہوں۔ لفٹی سنی اَن سنی کر دیتا۔ وہ لوگ تھک ہار کر گردنیں نیچے گرا لیتے۔ سگریٹ کے فلٹر سے سامنے کی دیوار کا نشانہ باندھتے اور منہ میں پان ٹھونس لیتے، کوئی پیلی پتی، کوئی بنارسی، کوئی الائچی سپاری اور کوئی صرف روغن کتھا۔ یہ وہ گلی

والے تھے جو غیبت چغلی سے ہاتھ نہ اٹھا سکتے۔ اپنے گال بُھلا بُھلا کر بدبداتے اور لفٹی کے چکر گنتے رہتے، جیسے لقمے گن رہے ہوں۔ پھر سگریٹ پان والے کھوکھے کی عقبی چادر سے پشتیں جوڑ کر جیب سے نیا سگریٹ نکالتے۔ پہلے اُسے خالی کرتے اور پھر بھرنے لگتے۔ اُن میں سے ایک اکڑوں بیٹھا چابی کی نوک سے زمین پر بارہ ٹینی کی بساط بچھا رہا ہوتا، جو کہ اُن کا اگلا پڑاؤ ہوتا۔

"ایسے نہیں مانے گا۔۔۔ کتنے فیل ہوں گے نا سب کے سامنے، پھر اترے گا!"

"پھر دیکھنا کیسے منہ لٹکا کر آئے گا۔۔ بھائی بچالو۔۔۔۔ سب نے دیکھ لیا مجھے بھی اور اُسے بھی!"

"کاٹھی پر اُوپر نیچے مستیاں کرتے۔۔ یہی نا؟"

"۔۔۔لو میں اتار دیتا ہوں جھنڈیاں۔ اب نہیں جاؤں گا اُوپر۔"

لفٹی کو جب کبھی اچانک بریک لگانی پڑ جاتی تو کم از کم پاؤں کے پنجے تو زمین کو چھو ہی لیتے اور دور تک رگڑ کھاتے خاک اڑاتے ہوئے گھستے جاتے۔ تاہم ایڑیاں اُستادی دکھا جاتیں کہ دونوں میں اونچ نیچ رہ جاتی۔ اُستادی، مگر کتنی! اُسے دیکھنے کی مہلت ہی کہاں ہوتی۔ یہ وہ پہلا سوار تھا جسے سٹینڈ لگے لگے سائیکل پر سوار ہونا پڑتا، کوئی ہاتھ پشت پر نہ جانے کہاں سے آجاتا۔ پھر وہ جسم کو آگے کی طرف ذرا جھٹکتا اور سواری کو پتا چل جاتا کہ اب آگے کی طرف بڑھنا ہے۔ سائیکل، سٹینڈ سے اتر جاتی اور دونوں پہیے گردش میں آجاتے۔ ڈیوڑھی کی دہلیز پیچھے رہ جاتی اور پشت پر بنی ڈھال ساتھ ساتھ چلتی رہتی۔ لفٹی کے پاس رفتار پکڑنے کا یہی ایک راستہ تھا جب کہ اُس کے ساتھ کے لوگ جیسے چاہتے، اپنے اپنے سفر کا آغاز کرتے۔ وہ لوگ بائیس بائیس انچ کی سائیکلوں کو سٹینڈ سے اتار کر پہلے خالی دوڑاتے، یا آدھی قینچی، پوری قینچی سے دو چار فرلانگ تک وارم اپ ہوتے اور

پھر علی علی کرتے کاٹھی پر براجمان ہو جاتے۔ گھنٹی بجاتے، ایک دوسرے کو سائیڈیں مارتے ہوئے یہ جا، وہ جا۔ اُسے آدھی قینچی اور پھر پوری قینچی سیکھنے کا شوق تھا کہ کاٹھی پر پیٹھ ٹکانے کے لیے راستہ اِسی پہلے اور دوسرے سبق سے ہو کر جاتا تھا۔ سائیکل سواروں کا قافلہ مین روڈ سے گزرتا تو ساتھ کے ہم سفر اُسے کہتے:

"بھائی لفٹی، تم تو کوئی پہنچے ہوئے لگتے ہو جو بغیر قینچی چلائے ہی سائیکل چلانی سیکھ گئے ہو!"

"اور کیا۔ ہمیں دیکھو۔ دو دو مہینے تو قینچی پکی کروائی استاد نے۔"

"کاٹھی کا چہرہ ہی نہیں کرایا۔"

"بایاں پاؤں پیڈل پر یوں رکھو۔ پھر ڈنڈے کے بیچ میں سے دائیں ٹانگ گزار و۔ دایاں پاؤں دائیں پیڈل پر اور دونوں ہاتھ مضبوطی سے دونوں ہینڈلوں پر۔ آنکھیں بالکل ناک کی سیدھ میں۔ یوں نہیں، یوں۔۔۔۔ پھر دیکھو خود بخود آسمانی جھولے کی طرح دونوں طرف کیا اونچ نیچ لگتی ہے!"

"روک بھئی روک سائیکل، یہیں ہوشیار پور سویٹ کے سامنے۔ تم پر دم پڑتا ہے!"

اُن میں سے کچھ ایک دم اگلی بریک لگاتے اور دیوار سے جا ٹکراتے۔

"چار پیالے دودھ جلیب، گرما گرم۔۔۔ فوراً سے پہلے۔"

لفٹی نے بغیر قینچی سیکھے سائیکل چلانا کیا سیکھ لیا، یوں لگا کہ سال میں دو جماعتیں پاس کر لیں۔ جو نہیں سمجھے کہ یہ ڈبل پروموشن ہے یا کچھ اور، وہ سردیوں میں جلیب اور گرمیوں میں فالودے کی پلنٹی ڈالتے رہی۔ :

"یار لفٹی۔ تو چلتے چلتے دھڑام سے گر کیوں جاتا ہے؟"

"سامنے والے کو بھی لے بیٹھتا ہے۔"

"یہ ٹکریں لگانا کہاں سے سیکھا ہے۔ باؤ استاد سے نا؟"

"ہاں تو اور کس سے"۔ کوئی اور بول پڑتا اور لفٹی خاموش کھڑا جیب میں ہاتھ ڈالے حساب کرتا رہتا کہ جلیبیوں کے کتنے پیسے بنے اور فالودے کے کتنے۔ دسو، پنجو کم پڑتے تو کان میں اڑسی ہوئی چونی نکال کر بل کی رقم پوری کرتا۔ کبھی کبھی دکاندار کے اندر کا مسلمان جاگ پڑتا تو کہتا: "بابے او! ڈبل پروموشن پر تو تم سے ہمدردی ہونی چاہیے، یہ الٹا لوٹ رہیں تمھیں۔ اِنھیں پتا نہیں قینچی تیرے بس کی بات نہیں۔"

"چھوڑ چاچا۔ یہ پیسے پکڑ۔ کیوں اپنی گاہکی کے پیچھے پڑا ہے۔ جو آتا ہے، آنے دے!"

وہ دکاندار کا ہاتھ پکڑ کر اُس پر اپنی بند مٹھی کھول دیتا۔

اُسے بہت بعد میں پتا چلا کہ ٹکر کیا ہوتی ہے۔ اِتنا بعد میں کہ تب سوال کرنے والا بھی وہ خود تھا اور جواب دینے والا بھی خود:

"وہ میری طرف آتی ہے، میں اُس کی طرف۔ وہ اپنے خوف کو پرے دھکیلتی ہے، میں اپنے خوف کو۔ یوں دونوں میں ٹکر ہو جاتی ہے۔"

"وہ کون؟"

"یہی دنیا۔ اور کون!"

مڈل کے امتحان میں فرسٹ ڈویژن سے پاس ہونے پر باپ نے وعدہ پورا کیا اور اُسے سائیکل دلوادی۔ مگر اِس کے لیے دادا کی منظوری بھی ضروری تھی۔ باپ کا خیال تھا کہ سائیکل چلائے گا تو ٹانگوں کی ورزش ہوتی رہے گی اور پاؤں کم گھسیں گے۔ مگر دادا کہنے لگے کہ ابھی بچہ ہے، کاٹھی پہ ہو گا تو پاؤں زمین پر نہیں پڑے گا، سڑک پر ٹائر پنکچر ہو گیا تو کیا کرے گا، سائیکل گھسیٹ کر کیسے پہنچے گا پنکچر لگوانے۔ پھر پنکچر لگانے والے حرامی کو

کون نہیں جانتا، ایک کے دو دو بتاتا ہے۔ کیل نہ بھی ہو تو جادوگر کی طرح آستین سے نکال لاتا ہے۔ بغلیں کھجاتا جاتا ہے اور سوئیاں نکالتا جاتا ہے۔ بس پھر کیا۔ پانی میں بلبلے بننا شروع ہو جاتے ہیں۔ یہ دیکھیں جی ایک، یہ دو، بس دو نئے اور ایک پرانا، مگر پرانا ابھی کچھ دن اور نکال جائے گا۔ میرے ہاتھ کا جو ہوا۔ شکر کریں سرکار ٹیوب کو زیادہ پھٹر نہیں کیا، ورنہ نئی ڈالنی پڑ جاتی۔۔۔۔

"ناں بھائی ناں۔ نویں دسویں تک تو میرے ساتھ ہی آئے جائے گا۔ آگے کالج میں دیکھیں گے"۔

"بائیس کی نہ سہی اٹھارہ کی لے دیں"۔ بہن نے سن رکھا تھا کہ چھوٹی سائیکلیں بھی ملتی ہیں۔ وہ خود بھی صحن میں چلانا چاہتی تھی۔

"رنگ نیلا ہونا چاہیے۔ ہمارے گھر میں نیلی سائیکل نہیں"۔ وہ دل ہی دل میں پیڈل گھمانے لگا۔

"خیال کر بیٹا۔ چوک سے ایسے نہیں مڑتے"

"کل تم گرتے گرتے بچے تھے۔ اگلی بریک ایمرجنسی کے لیے ہوتی ہے۔ تمھیں پچھلی لگانی چاہیے تھی۔"

"لیفٹ، رائٹ بھی کلیئر نہیں تمھیں" دادا نے تو جیسے پریڈ ہی شروع کر دی۔ سارے میں ہنسی کے نیلے غبارے اڑنے لگے۔

"اور ہاں ابھی دو سال تک نہ کیریر پر کسی کو بٹھانا اور نہ ڈنڈے پر۔۔ سنا تم نے! کہیں گر گئے تو تمھاری دادی قبر میں سے آ کر مجھے کوسنے دے گی۔ بڑا آیا دادا۔ نہیں سنبھال سکا نا میری امانت کو!"

تب اُس نے دیکھا کہ صحن میں اُس کے چاروں طرف سب گھیرا بنائے بیٹھے تھے اور

اُسے چھ ماہ کا بچہ ہی سمجھ رہے تھے۔ جب ڈھلتی سردیوں کی ایک دوپہر میں دادی اُسے نہلانے کے لیے صحن میں لائی، صحن کے ایک مشرقی اور قدرے کم آمد ورفت والے کونے میں دھوپ کب کی آچکی تھی، جس کا اندازہ گھڑی سے زیادہ بچے کے گلے میں پڑے ہوئے تعویذ سے ہو رہا تھا جس کی چاندی مہربان حد تک گرم ہو چکی تھی اور لشکارے پر لشکارا مار رہی تھی۔ سر پر چمکتا ہوا سورج نیچے دیوار اور فرش کے ساتھ ایک سنہری چوکور بنا رہا تھا۔ جب اِس طرف کسی آنے جانے والے کا سایہ پڑتا، تو چوکور قطع ہوتی ہوئی تکون بن جاتی، سایہ اور بڑھتا تو تکون لکیر میں سمٹ آتی۔ دادی نے چولھے پر کھولتا ہوا پانی ایک بالٹی میں ڈالا۔ بالٹی کو نلکے کے قریب لے جاکر اُس میں ٹھنڈا پانی ملایا۔ گرمی کو سردی سے مارا اور سردی کو گرمی سے۔ جب تاثیر کی گارنٹی مل چکی تو نیم گرم پانی کی بالٹی اٹھا کر وہاں رکھی جہاں سردیوں کے دنوں میں وہ ہر ہفتے اُسے نہلایا کرتی تھی۔ چوکور پر جس جس کا سایہ پڑ رہا تھا سب کو پرے ہٹا دیا۔ سورج کو اپنی اوقات یاد آ گئی۔ دادی چوکڑی مار کر فرش پر بیٹھ گئی۔ پھر دونوں پیروں کا سٹیج بنایا اور ایک ہاتھ سے سٹیج کی پشت بنا دی اور اُسے سٹیج پر بٹھا دیا۔ غسل کے باقی سارے شگن دوسرے ہاتھ کے ساتھ جیسے گن گن کر پورے کرنے لگی۔

"نائیاں۔نائیاں۔نائیاں"

"دفع دُور۔۔۔کوئی میرے پٹھان بچے کو نہ دیکھے"۔

دادی نے پانی اوک میں بھر بھر کر اپنے سفید گلاب پر چھڑکنا شروع کیا اور ساتھ ہی روئی ایسی نرم انگلیوں سے مساج بھی کرتی رہی۔ سفید گلاب سرخی پکڑنے لگا۔ مگر اُس دن دادی نے دیکھا کہ بچہ نہاتے ہوئے کچھ عجیب حرکتیں کرتا رہا۔ جب جسم پر پانی پڑتا تو دائیں ٹانگ اٹھا کر مزاحمت کرتا، بائیں کو اٹھاتا تو وہ گر جاتی، جیسے بے جان ہو گئی ہو۔ یہ

مفاہمت تھی یا پھر کیا تھا، اُس کی سمجھ میں کچھ نہ آیا۔ وہ گھبرا گئی۔ فوراً اُس نچڑتے ہوئے بالک کو اپنے سر کی گرم چادر میں لپیٹا اور سینے سے لپٹالیا۔ پھر کمرے میں لے جاکر اُسے بستر پر ڈال دیا اور جسم کو سکھانے لگ گئی۔ رات وہ سو نہیں سکی۔ اپنی ٹانگیں اُسی طرح اٹھاتی اور گراتی رہی جیسے دن میں پوتے نے کیا تھا کہ دیکھے تو سہی کہیں سب انسان ایک جیسے تو نہیں۔ مگر وہ پوری طرح نقل نہ اتار سکی۔ صبح سویرے نماز، پنج سورہ سے فارغ ہوتے ہی صحن میں شور برپا کر دیا۔

"توبہ توبہ۔ ماں کو بھی پتا نہیں چلا کہ ایک ٹانگ۔۔۔۔ ہے ہی نہیں۔۔ ارے سنتے ہو پاشی کے دادا۔ بچے کی ایک ٹانگ۔۔۔"

"میرے پاس تو ہفتے میں ایک بار آتا ہے۔ چھ دن تو ماں کے ساتھ ہی سوتا ہے۔"

"اب دیکھو نا۔ جسم کو ہاتھ نہیں لگ رہا!"

"باری کا بخار تو نہیں ہو گیا!"

"اتر جائے گا" دادا غسل خانے میں سے بولے اور جلدی میں صرف تہبند کے ساتھ ہی باہر نکل آئے۔ قمیص وہیں جھولتی رہ گئی۔

تھا تو باری ہی کا موذی مگر، ندیدہ نکلا۔ باری لیتے لیتے تھکا نہیں۔ دو چار دن تو انتظار کیا کہ لال شربت کے ڈراپس گلے میں جانے سے بخار پیچھا چھوڑ دے گا۔ مگر جب ایسا نہ ہوا تو دادی نے لنگوٹا کس لیا اور چلی بھگانے پوتے کی بلا کو:

"میں اِسے بھگاتی ہوں یہاں سے۔ دیکھتی ہوں یہ کیسے۔۔۔"

دادی چپل اتار کر چارپائی کے نیچے فرش کو زور زور سے پیٹتی جاتی، جیسے وہاں چھپے ہوئے بخار کو ڈرا دھمکا کر بھگا رہی ہو۔ وہ کمرے کے فرش کو پیٹتی ہوئی، راہداری پر جوتا برساتی، باہر کے دروازے تک آتی اور اُسی چپلی سے باہر کی تھڑی پر تین چار زور زور کے

دھماکے کرتی ہوئی دراوازہ بند کر لیتی۔

"دفع۔۔دفان۔۔اب آکر تو دکھاؤ۔ جاؤ جاؤ۔ جنگلوں میں جاؤ، پہاڑوں پر جاؤ"۔ وہ چٹخنی چڑھاتی اور جوتا دھو کر دوبارہ پاؤں میں پہن لیتی۔ سمجھتی کہ شہر کی ساری ڈائنوں، چڑیلوں کو دیس نکالا دے چکی ہے۔

"خبر دار کسی نے دروازہ کھولا تو"۔ وہ دیر تک ڈیوڑھی میں کھڑی دروازے اور دیوار کی درزوں میں سے باہر گلی میں دیکھتی رہتی اور کبھی کبھار تو اُن درزوں میں پرانی ٹاکیاں ٹھونس دیتی۔ رخنوں سے بار پا کر اندر آنے والی روشنی کی سیلی شعاعوں کی لمبی لمبی قاشیں ٹکریوں میں ٹوٹ ٹوٹ کر گرنے لگتیں، جس سے ڈیوڑھی میں اندھیرا بڑھنے لگتا۔ پھر ایک آخری رخنے پر ہاتھ کی تلی چپکا کر پورے زور سے دباتی اور عین دوپہر میں اندھیرا مکمل ہو جاتا۔ باہر سے ایسے لگتا جیسے سوارخ کے منہ پر مہندی کا گول دائرہ چسپاں ہو گیا ہو۔ دادی کا جب کبھی ہاتھ رنگنے کو جی کرتا تو ہتھیلی پھیلا کر پوٹا برابر مہندی سے دائرے کا مرکز نکالتی، جس کے گرد دائرہ خود ہی بن جاتا۔ جب ہاتھ دھوتی تو پورے ہاتھ کا مرکز بھی نکل آتا۔ عنابی ٹکہ، ہاتھ کے وسط میں ابھر آتا تھا۔ جب تک ہاتھ دروازے کی درز پر ٹکا رہتا، لکڑی ایسی سالم دکھائی دیتی جیسے خرادیے نے ابھی ابھی چوکھٹے میں سجائی ہو۔

مگر مورکھ تو جوتے کھا کر بھی مورکھ ہی رہا۔ حریص تھا ہی ایسا۔ پولے پڑتے رہے اور خوش ہوتا رہا۔ دادا اور باپ کچھ کچھ سمجھنے لگے تھے کہ باری کے بخار کی باری طول کیوں پکڑ چکی ہے۔ سمجھ تو شاید وہ اُسی وقت گئے تھے جب دادا کیل پر جھولتی ہوئی قمیص کو چھوڑ کر غسل خانے سے باہر کی طرف بھاگے تھے، مگر اب اُنھیں یاد بھی آچکا تھا کہ خاندان کی ہر ساتویں پیڑھی میں ایسا ہونا ہے، نہ ہو تو باقی سب پر بھاری پڑتا ہے۔ اُنکے سامنے شجرے کا دفتر کھلا تھا اور وہ پچھلی چھ پشتوں سے مکالمہ کر چکے تھے: "ساری سردیاں

بائیں ٹانگ کو کمبل میں لپیٹ کر رکھنا پڑے گا۔ ٹھیک ہو جائے گا۔ یاد ہے مرزا صاحب کی ثمینہ بھی تو ٹھیک ہو گئی تھی"۔ دادا نے آنسوؤں پر قابو پاتے ہوئے بیٹے کا کاندھا تھپتھپایا۔ پھر وہ اذان کے بغیر ہی نماز کی نیت باندھ کر کھڑے ہو گئے۔ پہلی بار وہ ملک ٹوٹنے پر ایسے کھڑے ہوئے تھے۔ چبوتروں پر پڑتی ہوئی دھوپ چھاؤں کا اندزاہ کیے بغیر محراب میں جا کر قیام کرنے کا یہ دوسرا موقع تھا۔ باپ اُن کے پیچھے جا کھڑا ہوا۔ التحیات ُللہِ کی لام پر پہلی بار ہکلائے اور پھر ہر تشہد میں لام پر لکنت کا سامنا رہا۔ جیسے اُن کا ویسپا پہلی کک پر کبھی سٹارٹ نہیں ہوا، ویسے ہی لام نے بھی پہلی پڑھت میں پکڑائی نہ دی۔ وہ اِسی لکنت کو نوکِ زبان پر رکھے رکھے رخصت ہوئے، مگر آج تک کسی کو یہ معلوم نہیں ہو سکا کہ ایک ہی حرف پر ہکلانے کا مرض موروثی تھا یا کوئی مجبوری تھی۔

"یہ لو سرسوں کا تیل۔ اور مالش کرتی رہو رات کو سونے سے پہلے۔ خون گردش میں آئے گا تو ٹانگ ماس پکڑے گی"

سرسوں نے ماس نہیں پکڑا تو حرمت والے زیتون کو آزمایا گیا۔ 'یہ رکھ لو۔ دم کیا ہوا ہے۔ سوا لاکھ بار آیتِ کریمہ پڑھی گئی ہے اِس پر۔ انگلی سے چھو چھو کر روزانہ رات کو سات قطرے ٹانگ پر ڈال کر اُسی انگلی سے ماس میں جذب کرنے ہیں'۔ سات قطرے تو جیسے چاروں دشاؤں کی نظروں میں آ گئے۔ ایک ٹپکا، ایک لپکا، دو ٹپکے دو لپکے۔ سر پر سوار ہدایت کاروں کے مانند کہ فلم بجٹ کے اندر اندر رہے اور باکس آفس پر سپر ہٹ بھی ہو۔ 'دیکھنا بی بی۔ یہ پڑھائی والا تیل ہے۔ کوئی قطرہ بھی زمین پر نہ گرے۔ اِسے کوئی اور نہ استعمال کرے۔ الٹا پڑے گا' وہ پیڈل گھماتے ہوئے ذرا رُکا اور پھر ہمیشہ کے لیے چل پڑا۔ اُسے صحن میں تین پہیوں والے ریڑھے کی جگہ سائیکل کھڑی دکھائی دے چکی تھی۔ شہر میں وہی کچھ ہو رہا تھا، جس کا اندیشہ تھا۔ فٹ پاتھ کو سرکا کر سڑک کا نیا وسط نکالا جا رہا تھا۔

مردہ خانے کی عمارت کو کوئی خطرہ نہیں تھا۔'مردہ خانہ ہے کہ برزخ ہے؟''اعراف کہو بھائی، اعراف!''اب دیکھیں کون اِدھر گرتا ہے، کون اُدھر!''اپنی اپنی دوڑ ہے۔ جہاں بھی لے جاکر پر پٹخ دے!''چاہے تو بازار کے دروازے تک لے جائے۔ آیئے آیئے اندر نیکیاں بک رہی ہیں۔ آیئے تو''ہاں ہاں جیسے ترازو کے نیچے مقناطیس لگا ہے۔۔ کم مال زیادہ۔ زیادہ بہت زیادہ!'وہ مرکز کی تلاش میں رہا۔ 'مرکز کے دائیں بائیں، اوپر نیچے برابر کا وزن ہوتا ہے۔ تمھیں نہیں ملے گا۔ تم تو خود برابر نہیں' پھر وہ نیفے سے موری تک اور واپس موری سے نیفے تک بالشتیں ماپنے لگتا۔ 'تین بالشتیں، دو چپے، ایک انگل، اِدھر بھی، اُدھر بھی'۔ 'شلوار، پاجامے کے دونوں پٹوں کی لمبائی برابر ہونے سے، ٹانگیں برابر تھوڑی ہو جاتی ہیں۔ یہ تو ماس کا معاملہ ہے، لباس کا نہیں!'وقت نے ثابت کیا کہ ایسے چھوٹے شہروں کی رات لفٹی جیسے لوگوں کے لیے بنی تھی۔ وہ جو اُس جیسے نہیں تھے، اُنھیں تو عشا کا سلام پھیرتے ہی نیند آنے لگتی۔ ایسے لوگوں کو آسمان دیکھے ہوئے معلوم نہیں کتنا کتنا وقت گرز جاتا، ایک چاند کے بعد دوسرا چاند بھی نظر آجاتا، مگر کیا مجال کہ عید شبرات کے دنوں میں بھی اُنھیں سر پر تنی ہوئی نیلی چادر سے کوئی کام پڑتا ہو۔ پورے کا پورا شہر ہی بصری رویت کو بھول چکا اور سمعی رویت کا عادی ہوتا جارہا تھا۔ کبھی رات کو اُوپر دیکھنے کی نوبت آ بھی جاتی تو اُس وقت جب چھت پر بارش گرنے لگتی، اچھا بھلا تاروں بھرا آسمان ہوتا، مگر آن کی آن میں اوجھل ہو جاتا۔ کچھ دیر تو سر سے پاؤں تک چادر تانے ایک ایک کنی کو گنتے رہتے، اب رُکی کہ اب رُکی۔ مگر جب بات حد سے بڑھنے لگتی تو بستر چھوڑ دیتے اور نیند سے مندھے ہوئے دیدے سیدھے اوپر کو اُٹھ جاتے۔ وہ چارپائیاں پشت پر ڈال کر ممٹیوں کی طرف دوڑ لگاتے۔ جن کی ممٹیاں نہ ہوتیں وہ مرغیوں کے کھڈے میں گھس جاتے یا کبوتروں کی چھتری کے ساتھ لگ کر کھڑے

ہو جاتے۔ مرغیاں اور کبوتر ایک لمحے کو آنکھیں کھولتے اور پھر میچ لیتے، جیسے کہہ رہے ہوں کہ مہاجروں کو اپنے حصّے میں سے آدھی چھت دے دی ہے۔ جانور، انسانوں کو اختیار دیتے کہ یہ لوگ اپنی اپنی چھتوں کے صاف ہونے تک یہیں سو جائیں اور اُنھیں نئے بستروں پر پھر سے نیند آنے لگتی۔ ساون بھادوں کی یہی بات اُنھیں پسند نہیں تھی۔ دن کے وقت مینہ کی چھما چھم میں جتنے آم چاہو کھلا دو، کچھ نہیں کہتے تھے۔ بس ٹونٹی کے پاس بیٹھے لنگوٹا کیے چپڑ چپڑ کھاتے ہی جاتے تھے۔ اب دیکھا جائے تو اُس جیسے تھے ہی کتنے؟

وہ تھا اور بس وہ تھا۔ بولتا رہتا کہ کم از کم دو تو شمار ہوں۔ دو ہو جاتے تو دو سو، دو ہزار، یا دو لاکھ تو پھر ہو ہی جاتے۔ لفٹی کے لیے چٹکی بجاتے میں ایسا مجمع لگا لینا مشکل تھوڑی تھا۔ وہیں دادی بھی آ جاتی۔ لفٹی جب ہجوم کی ٹہل سیوا میں گھٹنوں گھٹنوں تک جُٹ جاتا تو وہ ہاتھ میں دھاگا لیے اُوپر سے نیچے اُتر آتی اور اُس کی دونوں ٹانگوں کی پیمائش کرتی ہوئی واپس اُوپر چلی جاتی۔ لفٹی کو ذرا سی کھجلی ہوتی اور بس:

"بہو تم نے مالش ٹھیک سے نہیں کی!"

"ساتویں دن سے فرق پڑنا شروع ہوتا ہے۔ اِسے کیوں نہیں پڑ رہا!" "پنج سورہ میں مور کے پروں نے پڑے پڑے اور پرزے نکال لیے ہیں۔ بعضے تو پورے کے پورے مور بن گئے ہیں۔ یہ تو تیرے میرے پنڈے کا پر ہے۔ پھر کیوں۔۔ مور نہیں بنا؟"

" تیل کی بے ادبی تو نہیں ہو رہی۔۔۔ خیال کرو خیال! یوں ہی تو اِس کی قسم نہیں کھائی گئی۔ کوئی بات تو ہے!"

"میں گئی تھی۔ دیکھ آئی ہوں۔ گھر میں جگہ جگہ تیل کے نشان تھے۔ ٹانگ کا حصّہ تھا، جو زمین نے چوس لیا!"

جب وہ اطمینان کر لیتا کہ اُسے کوئی دیکھ تو نہیں رہا، بیچ سڑک کے دونوں بازوؤں کو

دائیں بائیں پھیلا کر یوں اکڑا لیتا کہ دھڑ اگر نکال بھی لیں تو زمین کے متوازی تنی گئی رسّی یونہی تنی رہتی اور اُس میں کوئی جھول نہ پڑتا۔۔۔ یوں جیسے بیچ میں کبھی کچھ تھا ہی نہیں۔ دونوں بازو پول پر ٹنگی لالٹین کی روشنی میں زمین پر دو کا مزید اضافہ کر دیتے۔ بس یہیں سے آبادی بڑھتے بڑھتے بے قابو ہونے لگتی۔ وہ تصویر کو اور وسعت دیتا تو اُس کے ایک ہاتھ کی بڑی انگلی ایک طرف کی دیوار سے اور دوسرے ہاتھ کی دوسری جانب کی دیوار سے مس ہونے لگتی۔ اُدھر صحن کی دیوار سے لگی سائیکل کے دونوں پہیے حرکت میں آجاتے۔ اگلے پچھلے ٹائروں میں تاروں کا تانا بانا بگڑنے لگتا اور دونوں مداروں میں دھند اور دھندلکے کی چادریں بچھنے لگتیں، جیسے لوہا اب لوہار کے قبضے سے نکل کر خلاباز کے ہاتھ میں آگیا ہو، جو دُور کھڑا ریموٹ کنٹرول کے ذریعے اُسے اڑا رہا ہو۔ پیڈل پر پیڈل گھومتا رہتا اور ایکسل کا لٹو گھمر گھمر ایک ہی نقطے کو چکر دیتا ہوا کہاں سے کہاں پہنچ جاتا۔ اُس کا اپنا درمیان، سڑک کا درمیان، شہر کا درمیان سب الگ الگ دیکھ کر دادی پھر آسمان کی سیڑھیاں اتر آتی اور اُسے بائیں ٹانگ پر چٹکی کاٹ کر پُھر سے اُڑ جاتی۔ 'اماں اماں، دادی نے پھر بھائی کی ٹانگ میں چھلا چبھو دیا!'' بھلا بواسیر کبھی چھلوں سے بھی گئی ہے۔ مو تے تو کٹوانے ہی پڑتے ہیں۔' وہ ہاتھ بڑھاتا کہ کسی طرح سے آسمانی فاختہ کو پکڑ سکے۔ اُس کی ایڑیاں اوپر کو اٹھتیں۔ ایک کا زمین کے ساتھ عمود کم اور ایک کا زیادہ ہوتا، اب جسے ماپے بغیر بھی وہ بتا سکتا تھا کہ کم، کتنا کم ہے اور زیادہ کتنا زیادہ۔ ''کون کم، کون زیادہ؟'' خلق کم، خدا زیادہ! خدا کم، خلق زیادہ''۔ اپنے سوال کے یہی دو جواب بن پڑتے۔ فاختہ کے سکڑ سکڑ کر پھیلتے اور پھیل پھیل کر سکڑتے اور پھڑ پھڑاتے ہوئے پروں سے گرد و پیش میں ایک نحیف خفیف جنبش پیدا ہوتی جس کا ارتعاش اُس کی انگلیوں کے خلا میں سے ہوتا ہوا قمیص کا کف پکڑتا اور چھوڑ دیتا، پھر پکڑتا، پھر چھوڑ دیتا یوں جیسے کسی مرتعش پُل کے

ارتعاش کا حیطہ پھیلتا سکڑتا ہو اور شور انگیز دھمک دھمال میں خاموشی کے وقفے دریافت کرتا آگے بڑھتا جاتا ہو۔ اُوپر کو اٹھا ہوا بانہوں کا یہ لپکا بس ثانیہ، دو ثانیہ کا ہوتا۔ ثانیہ جانے کا، ثانیہ آنے کا۔ کچھ ہی دیر میں دونوں پاؤں دھڑام سے واپس زمین پر آ گرتے۔ پہلے دایاں، پھر بایاں۔ دایاں آہستہ سے اور بایاں ذرا تیزی سے۔ زمین ایک ہی وجود سے جڑے ہوئے پیروں کے لیے الگ الگ کشش رکھتی تھی، صاحبِ وجود کے طرفین سے جدا جدا پیش آتی تھی۔ فاختہ اپنے مندری چھلے سمیت جہاز پر سوار ہو کر پرواز کے مزے لیتی رہی۔ اُوپر سے نیچے اور نیچے سے اُوپر۔ "سب کہتے ہیں چھلا چھبو گئی۔ چھلا چھبو گئی۔۔" "جان بوجھ کر تھوڑی چھبوتی ہے!" "کہاں سے چلتی ہے بے چاری اور ملنے آتی ہے۔ اور کوئی کیوں نہیں آتا!" "ہر کسی کو تو یہاں کا پتا بھی یاد نہیں۔۔۔ اُسے تو کوئی ضلع تحصیل کا نقشہ دے کر روانہ کرتا ہوگا۔" "جبھی تو بھولتی نہیں ڈاکخانے کو۔ لیٹر بکس ایسے یاد رکھتی ہے جیسے رخصتی کا لال جوڑا ہو۔" وہ دن دادی کا ساتواں دن ہی بنتا تھا جب وقت ثانیہ ثانیہ اکٹھا ہو کر ستّر ضرب ستّر کا اچھا خاصا دورانیہ بن چکا تھا۔ کہا جاتا ہے کہ گم شدہ مرکز دکھائی دینا شروع ہو گیا تھا۔ اُس رات لفٹی معمول کی مشقیں مکمل کر کے زیرِ تعمیر فٹ پاتھ پر چت پڑا تھا۔ لالٹین کی روشنی دو بازوؤں کے اُوپر اُسی طرح سے جھول رہی تھی، مگر یہ معلوم نہ ہو سکا کہ اُس وقت بازوؤں کے نیچے کیا کیا کچھ بن بگڑ رہا تھا۔ اُس کے سر پر دن بھر کی تھکی ہاری کرین کا دیو قامت بوم بھی سایہ کیے ہوئے سستا رہا تھا، جیسے زمین سے اوپر اٹھتے ہوئے کسی کج ادا نے ترچھی اڑان بھری ہو اور پھر ہانپتے کانپتے ہوئے اُوپر ہی اُوپر سفر روک دیا ہو۔ دم سادھے ہوئے لوہے کا بُت بٹن دبانے والے کے انتظار میں تھا کہ وہ کب اُسے نیچے بلائے اور سولی پر ٹنگی ہوئی جان کو کچھ چین پڑے۔ ایسے اندھیرے میں بھی پھانسی گھاٹ پر خاصا ہجوم جمع تھا اور ہر ایک کو تشویش تھی کہ اگر پھانسی ہو چکی ہے تو

موت کی تصدیق کیوں نہیں ہو رہی! تشویش حد سے بڑھی تو شکایت بن گئی۔ ایک طرف پوسٹ مارٹم والے کو گھر جانے کی جلدی تھی اور دوسری طرف گورکن کو اپنی بل، بکھّر کی پڑی تھی۔ ایک ہی کھولی کے اندر سے اتنی مٹی نکل آئی تھی کہ چھ چھ، سات سات گھروں کی دہلیزوں تک اڑتی پھر رہی تھی۔ ایسے موقعوں پر ہوا کو نہ جانے کون جابتاتا ہے کہ آؤ آؤ، تمھارے کرنے کا کام ہے، تمھیں سنبھالو۔ وہ آئی اور اُس کی شلوار کے دونوں پائینچوں سے ہوتی ہوئی اندر کی طرف گھس گئی: دائیں میں کم، بائیں میں زیادہ! 'دفع دور۔ کوئی جھانکا جھونکی نہ کرے۔ 'دیدے گاڑے ہوئے اُوپر کیا گر رہے ہو، پرے پرے ہٹ جاؤ!'' سنا نہیں، چار آنے میں یہی کچھ آتا تھا' اور تم، کیا بغیر ٹکٹ کے منہ اٹھائے شو میں گھس رہے ہو؟'' بھاگو، اب یہاں میں رہوں گی۔ صرف میں' کپڑا برابر برابر پھول چکا۔ اُس وقت سرھانے کھڑا کاتب اگر کچھ لکھنے کو جھکتا، زیادہ اِدھر اُدھر کی نہ سہی، کم از کم اپنے ہاں کے دو بول تو لکھتا ہی: 'قضیہ۔۔ فیصل!' اور سر اٹھالیتا!

Ref.: caarwan.com

***

مکینک کہاں گیا

محمد حامد سراج

دل پر لگنے والی چوٹ گہری تھی، من میں اترنے والا گھاؤ شدید تھا۔ اس کی آنکھیں جھکی تھیں۔ پاؤں کے انگوٹھے سے وہ زمین کرید رہا تھا۔ آنکھیں اٹھانا اس تربیت کے خلاف تھا جو اس کی طبیعت اور مزاج کا بچپن سے حصہ تھی۔ وہ آنکھیں اٹھا کر باپ کے سامنے گستاخی کا مرتکب نہیں ہونا چاہتا تھا۔ باپ اسے تھپڑ دے مارتا تو وہ سہہ جانا آسان تھا۔ لیکن باپ کی آنکھ میں اُترا غصہ اس کے وجود کو ریزہ ریزہ کر گیا۔ اپنے وجود کے ریزے چن کر دوبارہ سانس بحال کر کے وہ کہیں نکل جانا چاہتا تھا لیکن یہ اتنا آسان نہیں تھا۔ باپ کے غصے کو سہتے سہتے وہ جینا تو سیکھ گیا لیکن مجروح عزتِ نفس کی کرچیاں رات میں اس کے لیے باعثِ آزار ہو جاتیں۔ وہ سونے کو بستر پر لیٹا۔ پورے بستر پر عزتِ نفس کی کرچیاں کانٹوں میں بدل جاتیں۔

اس نے کن اکھیوں سے ماں کو دیکھا۔ ماں کے چہرے پر راکھ کے سوا کچھ نہیں تھا۔ اس کی آنکھ میں آنسو اترے لیکن وہ ماں کے لیے ان کو پی گیا۔ اسے خبر تھی اس کے آنسو ماں کی پوری رات کی نیند چھین لیں گے۔ وہ نہیں چاہتا تھا کہ اس کی ماں کی نیند میں کوئی رخنہ پڑے۔ اسے باپ بھی بہت اچھا لگتا تھا لیکن ؟ وہ سوچتا' قصور شاید کسی کا بھی نہیں نکلتا۔ لیکن یہ روز کی ڈانٹ کیوں میرا مقدر ہے ؟ اس کے اندر بہت سے چہرے بسے ہوئے

تھے۔ان چہروں میں ایسے چہرے اسے بہت بھاتے جن پر مسکراہٹ کا موسم رہتا تھا۔ایک چہرہ مسجد کے مولوی صاحب کا تھا۔نورانی چہرے والے مولوی صاحب سے اسے محبت اور گہری عقیدت تھی۔ان کے لہجے کی ملائمت اسے کئی دن شانت رکھتی ،دھیمالہجہ، بردباری، تحمل، اندازِ گفتگو میں ٹھہراؤ۔وہ سوچتا میرا باپ ایسا کیوں نہیں؟اسے جمعہ کا وہ خطبہ یاد تھا جو اس کے وجود میں تحلیل ہو گیا۔مولوی صاحب نے زور دے کر سمجھایا تھا کہ والدین کے سامنے اولاد کی آواز پست رہنا چاہیے۔اُف تک کی ممانعت بھی اس کے ذہن میں محفوظ تھی۔وہ کالج سے گھر لوٹتے ہوئے راستے ہی میں ریزہ ریزہ ہو جاتا۔وہ آدھا ادھورا گھر میں سہما ہوا داخل ہوتا۔گھر میں داخل ہونے سے پہلے ہی سماعت پر انگارے برسنے لگتے۔

یہ نالائق ہے پرلے درجے کا،غبی، کند ذہن، اس کی کھوپڑی میں بھس بھرا ہے، اس نے میرے خواب مٹی میں ملا دیے ہیں۔

دھیرے بولیں۔۔۔ہمسائے؟

تو بک بک نہ کر'زبان کھینچ لوں گا تیری۔

اس کی ماں سہم گئی۔

بابا۔۔۔وہ۔۔۔وہ۔۔۔بات یہ ہے!

مت بھونک۔

آج تو آپ ہتھے سے اکھڑ گئے ہیں۔اس معصوم کی بات تو کم از کم سن لیں۔

بک جو بکنا ہے۔

بابا۔۔۔میں جو پڑھتا ہوں وہ یاد نہیں رہتا۔

دل لگا کر پڑھے تو یاد رہے نا۔اختر صاحب کے بیٹے کا داخلہ کنگ ایڈورڈ میڈیکل کالج

لاہور میں ہو گیا۔ وہ اپنے رحیم صاحب کی بیٹی تیری کلاس فیلو تھی۔ وہ نشتر میڈیکل کالج ملتان میں پہنچ گئی 'فیاص صاحب کا بیٹا انجینئرنگ میں چلا گیا اور تو۔۔۔ تو۔۔۔ دفعہ ہو جا میرے گھر سے۔۔۔!

وہ آنسو جو اس نے ماں کی نیند کے ڈر سے روک رکھے تھے دہلیز سے نکلا تو مٹی نے چن لیے۔ وہ مسجد گیا، مولوی صاحب نہیں تھے۔ اسے یہ یاد نہیں تھا، وقت کون سا ہے۔ اس نے وضو کیا، دو نفل پڑھے، مسجد کے صحن میں اکڑوں بیٹھا سوچتا رہا، میں بابا کو کیسے سمجھاؤں۔ مجھے واقعی سبق یاد نہیں ہوتا۔ رات گئے تک جاگ کر میں نے امتحان کی تیاری کی۔ مجھے تو پاس ہونے کی بھی امید نہیں تھی۔ یہ اللہ کا کرم ہے کہ میں ایف ایس سی تھرڈ ڈویژن میں پاس تو کر گیا۔

میں بابا کے دکھ کیسے کم کروں؟

میرا باپ خواب کیوں دیکھتا ہے۔ اس اوپر والے نے سب کو ایک جیسا پیدا نہیں کیا۔ قابلیت بھی ایک جیسی عطا نہیں کی۔ رزق کی تقسیم بھی اپنے ہاتھ میں رکھی ہے۔ شام تک ماں مجھے گھر واپس بلوا تو لے گی لیکن اب اس وقت میں کیا کروں۔ کہاں جاؤں؟

نمازِ مغرب کے بعد اس نے مولوی صاحب کو اپنی کتھا من و عن سنائی۔ مولوی صاحب اس کی باتیں انہماک سے سنتے رہے۔۔۔

بیٹا۔۔۔ تمھیں کوئی ہنر سیکھنے کا شوق ہے؟

جی۔۔۔!

الیکٹرانک۔

کسی دکان پر بات کروں؟

میرا ایک دوست ہے جی 'میں اس کی دکان پر بیٹھ سکتا ہوں۔

تم کل سے دکان پر بیٹھنا شروع کر دو لیکن کام میں لگن 'دلجمعی لازمی شرط ہے 'اللہ کریم ہے۔

لیکن مولوی صاحب۔۔۔بابا۔۔۔؟

تمھارے بابا کو میں سنبھال لوں گا

(۲)

سورج ان کوارٹروں سے کنی کترا کے گزرتا تھا۔ سردیوں میں دھوپ کی قلت ہونے سے ان کوارٹروں کے مکین گلی میں نکل بیٹھتے۔ مرد ڈیوٹی پر جاتے تو عورتیں گھر کے کام نمٹا کر کشادہ گلی میں چارپائیاں ڈال کر بیٹھ جاتیں اور کچر کچر باتیں کرتیں 'سبزی کاٹتیں 'کوئی نومولود کو دودھ پلانے کے لیے گود میں لیتی تو دوسری اسے یہ سمجھانا نہ بھولتی کہ دوپٹہ ٹھیک کر لو' یہ گلی ہے۔ وہ نمازِ فجر کے بعد گھر کے چھوٹے موٹے کام نمٹا کر نکل جاتا۔ کام لگن سے سیکھ رہا تھا۔ اس نے اپنے آپ کو پرزوں میں گم کر دیا۔ وہ ایک ایک چیز کے بارے پوچھتا۔۔۔

ایک روز دوپہر کے کھانے پر اس کے دوست نے کہا "یار تمھارا شوق قابلِ رشک ہے۔"

ہاں یار میرا ایک تجربہ ہے۔۔۔

تمھیں آئے ہوئے کتنے روز ہوئے ہیں، تجربہ کیسا؟

یار زندگی کے بارے میں بات کر رہا ہوں۔۔۔

یہ عمر اور تجربہ؟

تجربے کا عمر سے کیا تعلق؟ تجربہ عمر پر منحصر ہوتا تو سترہ سالہ محمد بن قاسم کی بجائے کسی بوڑھے جہاں دیدہ جرنیل کے سپرد فوجوں کی کمانڈ ہوتی۔ وقت سکھا دیتا ہے، وقت

معلم ہے، کوئی لمحوں میں پالیتا ہے، کوئی عمریں رول کر بھی خالی رہتا ہے۔

یار تم تقریر نہ جھاڑو، تجربہ بتاؤ۔

تجربے کا تعلق چولھے سے ہے۔۔۔

انھی الٹی سیدھی سوچوں کی وجہ سے تمھاری ایف ایس سی میں تھرڈ ڈویژن آئی ہے۔ اب بولو بھی!

یار میں نے اس زمین پر شعور کی آنکھ کھلنے پر جو منظر دیکھے اس میں ایک منظر بہت کرب ناک تھا اور وہ تھا اپنے حصے کا بوجھ ڈھونا۔ میں نے دیکھا ہے ہر انسان کو اپنے حصے کا بوجھ خود ڈھونا ہوتا ہے۔ اپنی زندگی کا رتھ خود کھینچنا ہوتا ہے، کوئی کسی کے عمر بھر کام نہیں نبھا سکتا' انسان قلاش ہو تو کوئی صاحبِ ثروت دوست، رشتہ دار، دو چار بار تو مدد کر دے گا لیکن یہ جو روز کا چولھا ہے نا۔۔۔ یہ خود جلانا پڑتا ہے۔ ساری عمر کے لیے چولھے کا ایندھن کوئی فراہم نہیں کرتا۔ سبزی، گوشت، پیاز، دوائی، جوتی، کپڑا، دوا دارو، خوشی غمی کے اخراجات سب آدمی کو خود نبھانا ہوتے ہیں۔ انھیں کوئی خوشی سے نبھائے یا بوجھ سمجھ کر گھسیٹے، گھسیٹنا خود ہی کو ہو گا۔

یار بات تو تیری دل کو لگتی ہے۔

اس لیے میں اپنے پاؤں پر کھڑا ہونا چاہتا ہوں۔

لیکن تیرے بابا کے خواب؟

زندگی خوابوں کے سہارے بسر نہیں ہوتی۔ ہر آدمی اپنا مقدر لے کر پیدا ہوتا ہے۔

تم کیا سمجھتے ہو، تمھارا مقدر کیا ہے؟

مکینکی۔۔۔ مجھے یقین ہے، میرے اللہ نے میری روزی اسی میں رکھی ہے۔

اگر کہو تو ساتھ والی دکان خالی ہو رہی ہے، بات کروں۔

یار۔۔۔میں اکیلے دکان چلالوں گا کیا؟

یار ہمت پکڑو۔

اس نے ہمت کی چادر کا کونا مضبوطی سے پکڑ لیا اور چند روز میں دکان سنبھال لی۔ اس کی ماں نے جو رقم بیٹی کی شادی کے لیے پس انداز کی تھی باپ سے چوری اسے پکڑائی اور وہ ٹولز اور دکان کا سامان خرید لایا۔

بیٹا۔۔۔کرایہ کتنا ہے دکان کا؟

ماں چار سو روپے۔۔۔!

اتنا نکل آئے گا کیا؟

ماں دعا کرنا۔

(۳)

یہ ٹیلی ویژن ہے۔۔۔ ایک شخص نے کندھے پر سے کپڑے میں لپٹا ٹیلیویژن اس کی ورکنگ ٹیبل پر رکھتے ہوئے کہا۔

جی اسے مرمت کرنا ہے۔ چلتے چلتے بند ہو گیا ہے۔ جانے کیا ہوا؟

کل تک لے جانا۔۔۔

ہمیں رات تک چاہیے۔

اور کام بھی دینا ہے جی۔۔۔!

کوشش کرو یار، ہم مزدور آدمی ہیں۔ دن بھر مزدوری کرتے ہیں۔ رات میں ایک آدھ فلم دیکھ کر سوتے ہیں۔ یہی تو اپنا رونق میلہ ہے۔

یہ اپنی نوعیت کا پہلا مشکل کام تھا' تین گھنٹے کی محنت شاقہ کے بعد اس نے فالٹ ڈھونڈ لیا، فالٹ دور کرنے کے بعد اس نے ٹی وی آن کیا تو اسے عجیب سی خوشی نے

گھیر لیا، اسے لگا وہ ہوا میں اڑ رہا ہے، اسے اپنے اندر اعتماد اور طمانیت اترتی محسوس ہوئی۔

"یہ میں نے ٹھیک کیا ہے۔ کیا مجھے کام آگیا ہے؟ میں اپنا کاروبار الگ سے چلا سکتا ہوں؟ میں نالائق نہیں ہوں۔۔۔ کند ذہن اور غبی بھی نہیں لیکن بابا مجھے ایسا کیوں کہتا ہے؟ بابا بے قصور ہے۔ قصور معاشرے کا ہے۔ لوگ بابا سے کہتے ہوں گے تیرا بیٹا نالائق ہے۔ بابا تو سیدھا سادہ ہے، آخر کس کا جی نہیں چاہتا کہ اس کی اولاد۔۔۔؟ وہ خوش تھا۔

مہینہ گزرنے پر اس نے حساب کیا۔ دکان کا کرایہ، بجلی، کھانے اور چائے کا خرچہ نکال کر اسے ایک ہزار روپے بچ رہا۔ یہ اس کی اپنی محنت تھی۔ جب وہ گھر کو چلا اس کے پاؤں زمین پر نہیں ٹک رہے تھے۔ وہ سوچتا رہا، یہ ہزار روپے ماں کے ہاتھ پر رکھوں، بابا کو دُوں، مولوی صاحب نے میری تربیت کی ہے، ان کا حق زیادہ ہے یا دوست جس نے مجھے ہنر دیا؟ اس نے ماں سے مشورہ کیا۔ ماں نے کہا، رقم بابا کو دو، وہ خوش ہوں گے۔

وہ جب سے دکان پر کام کرنے لگا تھا اس کے باپ نے اسے ڈانٹنا کم کر دیا تھا، اسے وہ رات بھی یاد تھی جس میں اس کی ماں بابا کی پائنتی بیٹھی سمجھانے کے انداز میں کہہ رہی تھی، "اولاد جوان ہو جائے تو اسے مارا کرتے ہیں نہ بے جا ڈانٹا کرتے ہیں، اولاد کی بھی عزتِ نفس ہوتی ہے، وہ مجروح ہوتی ہے۔ اولاد زچ ہو کر خودکشی کر لیتی ہے یا باغی ہو جاتی ہے۔ ہمارے بیٹے کی صحت کمزور ہے پھر بھی وہ دلجمعی سے کام سیکھ رہا ہے، اس کی ماں تو پڑھے لکھے لوگوں جیسی باتیں کر رہی ہے۔

وہ جھجکتے ہوئے باپ کی کمرے میں داخل ہوا۔

بابا۔۔۔

اخبار سے نظریں اٹھا کر اس نے بیٹے کو دیکھا۔

کہو۔۔۔

بابا۔۔۔ یہ ہزار روپیہ۔

کہاں سے آیا ہے؟

بابا۔۔۔ میری اپنی محنت ہے۔

(۴)

(کہانی بہت طویل ہے، سارے ٹکڑے جوڑے جائیں تو کہانی ناول میں ڈھل جائے گی، کسی بھی شخص کی عمرِ طبعی کو ناول، افسانے اور ڈرامے میں ڈھالنا بھی جانکاری ہے، کہانی مکمل کرنے کے لیے ایک ٹکڑا جوڑنا ضروری ہے، لباس میں پیوند لگے ہوں تو بھی وہ لباس ہی کہلاتا ہے)

وہ "کاویا" پکڑے قلعی کی آمیزش سے ایک ریڈیو کے سرکٹ میں ٹانکا لگا رہا تھا کہ ایک آواز پر چونکا۔ آواز کسی نے دکان کے باہر سے دی تھی۔

"مکینک"۔۔۔ پکارنے والا شخص کار میں بیٹھا تھا۔

وہ بادلِ ناخواستہ اٹھ کر گیا۔

ہمارا ٹی وی خراب ہے، گھر چل کر دیکھنے کا کتنا لوگے؟

جی میں ڈاکٹر نہیں ہوں۔

"خوب خوب۔۔۔ سفید کنپٹیوں والا شخص ہنسا، "سامان اٹھاؤ اور میرے ساتھ چلو۔"

اس نے شاپر میں اپنی ٹول کٹ ڈالی 'ڈیجیٹل میٹر' پلاس، پیچ کس 'قلعی کا ٹانکا لگانے کے لیے "کاویا"۔۔۔!

گھر اتنی مسافت پر نہیں تھا۔ احمد ندیم قاسمی کے افسانے "گھر سے گھر تک" کا قالین

کسی نے اس گھر میں لا بچھایا تھا۔ وہ جوتیاں اتارنے لگا تو اس شخص نے کہا:

"یہاں یہ تکلفات نہیں چلتے۔"

"مکینک تمھاری چائے ٹھنڈی ہو گئی ہے، پہلے چائے پی لو۔" کمرہ حسن کی آواز سے مہک اٹھا۔

اس نے انگشتِ شہادت اور انگوٹھے کی مدد سے چائے پر سے بالائی ہٹائی، اسے پرچ کے کونے پر جمایا اور ٹھنڈی چائے کا گھونٹ لیا۔

ٹی وی مرمت ہونے پر مزدوری کا پوچھا گیا۔

پچاس روپے۔۔۔

"صرف پچاس روپے" لڑکی نے تحیر آمیز لہجے میں سوال کیا۔

"میں ڈاکٹر نہیں ہوں۔"

سفید کنپٹیوں والا شخص پھر ہنسا۔۔۔ اس نے مکینک کو پانچ سو روپے پکڑائے، اس نے باقی رقم واپس کر دی۔۔۔

"عجیب مکینک ہے؟"

وہ اس گھر کا فرد ہو گیا، پچاس روپے کی دیانتداری سے۔

زندگی اپنی رو میں بہتی رہی۔ شام و سحر کے پیمانوں میں وہ اپنی عمر کے سانس پورے کرتا رہا۔ بازار میں اس کی دکان کو وقت کے ساتھ ساتھ مرکزی حیثیت حاصل ہوتی چلی گئی۔ سفید کنپٹیوں والے شخص نے اسے جس نام سے منسوب کیا تھا، وہ اس کے نام کا سابقہ لاحقہ کی بجائے مکمل پہچان بن گیا۔

"اوئے چھوٹے بھاگ کے جا۔۔۔ یہ چار چائے مکینک کی دکان پر دے آ۔۔۔"

"یار کمیٹی ڈالنی ہے تو پہلے اپنے مکینک یار کو بلاؤ۔۔۔"

"چھوڑو یار۔۔۔ انجمن ضرور بنانی ہے کیا؟ جو بنانا اتنا ہی ناگزیر ہے تو صدر مکینک کو چن لو۔"

وہ عزت کا سمبل بن گیا۔۔۔

گھر پر جا کر مزدوری کرنے کو وہ اپنی زندگی کا حصہ نہ بنا سکا' لیکن سفید کنپٹیوں والے شخص کے ساتھ اس کا دوستانہ تعلق اس طور اُستوار ہوا کہ وہ فون آنے پر بھی ان کا کام نمٹا آتا۔ ایک دن وہ ان کے گھر سے Play Station کی Cleaning کا کام مکمل کر کے نکل رہا تھا کہ نقرئی آواز اس کے پاؤں میں زنجیر بن گئی۔۔۔

"مکینک تم بڑے مغرور ہو۔۔۔!"

"نہیں۔۔۔ ایسی کوئی بات نہیں۔۔۔"

"تم روبوٹ ہو کیا؟ ناک کی سیدھ میں آئے، کام کیا اور چلے گئے۔"

"انسان روبوٹ ہی تو بن کر رہ گیا ہے جی!"

"لیکن جو پانچ سو روپے میں سے ساڑھے چار سو روپے لوٹا دے وہ روبوٹ نہیں ہو سکتا۔۔۔ بیٹھو۔۔۔ چائے پی کے جانا۔۔۔"

"دکان پر کام کارش چل رہا ہے۔۔۔"

"پندرہ منٹ میں چائے بن جائے گی' دو چار گاہک اور آ جائیں گے۔۔۔ تمھارے رزق میں اضافہ ہو جائے گا۔" وہ وہیں لان میں بچھی کرسی پر بیٹھ گیا۔۔۔ مالی پودوں کو پانی لگا رہا تھا' مالی نے پائپ ایک کیاری سے نکال کر دوسری میں ڈالا اور کھرپہ لے کر پودوں کی گوڈی کرنے لگا۔۔۔

"یہ سب لوگ مجھے بہت اچھے لگتے ہیں۔"۔۔۔ مکینک نے مالی کو دیکھ کر کہا۔۔۔

"کیسے لوگ۔۔۔؟ کون سے۔۔۔؟"

"یہ جو اپنے ہاتھ سے کما کر کھاتے ہیں۔۔۔"

"اس میں تو شک نہیں۔۔۔"

"مکینک تمھیں معلوم ہے آج میں نے تمھیں کیوں روکا ہے۔۔۔؟"

"کمپیوٹر میں کوئی مسئلہ ہو گیا ہو گا۔"

"نہیں تو۔۔۔"

"آج تمھارا مسئلہ ہے۔۔۔"

"میں سمجھا نہیں۔۔۔!"

"مکینک یہ بتاؤ، تم ایک عرصے سے ہمارے گھر آ رہے ہو۔۔۔"

"جی۔۔۔"

"پچھلے ایک دو ماہ سے میں نے ایک بات نوٹ کی ہے'اس کی جستجو نے تمھیں روکنے پر مجبور کیا ہے۔"

ایک گہرا سناٹا تھا جو لان میں پھیل گیا، عجیب سی چپ تھی جو پودوں کے پتوں پر گرد کی مانند جمی تھی۔ فضا میں پرندے اڑان بھول گئے تھے یا اس کی نگاہیں ساکت تھیں، لڑکی کے چہرے پر محبت کا کوئی پرتو نہیں تھا لیکن ایک فکر مندی تھی جو اس کی آنکھوں سے جھلکتی تھی' جھلکتی فکر مندی نے اسے بھی متفکر کر دیا۔ یہ میرے بارے کیا سوچ رہی ہے۔ مان لیا میں مدت مدید سے یہاں آ جا رہا ہوں۔ مجھے اس گھر کے دیوار و دَر سے اُنس ہے۔ ہر اینٹ مجھ سے مانوس ہو چلی ہے لیکن اتنی اہمیت۔۔۔؟ اور وہ بھی بازار میں بیٹھے ایک مکینک کو۔۔۔! اس لڑکی نے اتنی تمہید کیوں باندھی ہے۔۔۔ بات کہنے میں اتنی دیر کیوں کر دی جاتی ہے؟ سانسیں اپنی رفتار بھول جاتی ہیں۔۔۔

"مکینک میری بات سن رہے ہو۔۔۔ نا!"

(نوکرانی چائے رکھ گئی)

"جی۔۔۔"

"میں دیکھ رہی ہوں تمھارے چہرے کا رنگ زرد ہو چلا ہے' تمھیں کیا روگ ہے؟"

"روگ تو کوئی نہیں۔۔۔"

"گردوں میں درد رہنے لگا ہے۔۔۔"

"مکمل چیک کرایا۔۔۔؟ مثلاً الٹرا ساؤنڈ وغیرہ؟"

"نہیں جی۔۔۔"

"میں نے پاپا سے کہا ہے۔۔۔ تمھیں کل صبح۔۔۔!" ابھی بات اس کے منہ میں تھی کہ کنپٹیوں والا سفید شخص لان میں داخل ہوا اوران کے ساتھ بیٹھ گیا۔۔۔

"تو۔۔۔ پاپا میں اس سے کہہ رہی تھی، کل صبح یہ آجائے آپ کا مکمل چیک اپ کرا دیں۔۔۔"

"کیوں نہیں، کیوں نہیں۔۔۔ مکینک تم صبح خالی پیٹ آجانا۔۔۔ تاکہ جو Fasting Test ہوتے ہیں، ان میں پریشانی نہ ہو۔"

"جی۔۔۔ ایسی کوئی بات نہیں، میں دوائی لے رہا ہوں آپ کا بہت بہت شکریہ۔۔۔ گردے کا معمولی درد ہے، آرام آجائے گا۔۔۔!"

"مکینک۔۔۔ بڑوں کا کہا مانتے ہیں۔۔۔ بس یہ آخری فیصلہ ہے، تم صبح آرہے ہو۔"

(۵)

ہسپتال میں جمگھٹا تھا۔۔۔

یہ چیک اپ کے چند ہفتوں بعد کی بات ہے۔۔۔ وہ دکان میں کام کرنے میں مگن تھا کہ گردوں میں درد کی ٹیسیں شدید تر ہونے لگیں، کپڑے کی دکان والے بزرگ نے

دکان کا شٹر گرایا، اپنی گاڑی نکالی، شوسٹور والے نے اپنے بیٹے کو دکان سنبھالنے کو کہا اور کار کی پہلی سیٹ پر بیٹھ گیا' حسنِ اتفاق ہے مولوی صاحب باربر شاپ میں بال ترشوا رہے تھے۔۔۔ کہ ایک لڑکے نے کہا۔۔۔

"استاد جی۔۔۔ اپنے مکینک کو بڑا شدید درد اٹھا ہے، اسے ہسپتال لے جا رہے ہیں۔"

مولوی صاحب نے باربر کا ہاتھ روک لیا۔۔ اور دکان سے اٹھ آئے۔۔۔ سوزِ دروں رکھنے والے سارے اس کے ساتھ ہو لیے۔۔۔ کسی نے گھر اطلاع کی۔ اس کا بوڑھا باپ۔۔۔ ماں اور بھائی پہنچ گئے۔۔۔ اسے ہسپتال داخل کر لیا گیا۔۔۔

اسے بستر پر لیٹنے سے الجھن ہونے لگی۔ یہ اس کے مزاج کا حصہ نہیں تھا لیکن علاج ضروری تھا۔۔۔ سب اس کے اردگرد موجود رہے، بچپن کے دوست، مولوی صاحب، دکاندار، سفید کنپٹیوں والا، ماں باپ۔۔۔ ان سب کے درمیان موت بھی کہیں درمیان میں ہی گھوم رہی تھی، کوئی بھی اسے نہ دیکھ سکا۔

موت گھومتی رہی۔۔۔!

ہسپتال کی کھڑکیوں کے شیشوں سے چھن چھن اندر آتی موت۔۔۔ ہسپتال کے مین دروازے تک جاتی پلٹتی موت، اس کے بستر پر بیٹھی اس سے سرگوشیاں کرتی موت، موت جو ازل سے ہماری رفیق ہے، کسی کو نظر نہیں آتی، موجود رہتی ہے، اس لمحے جس لمحے ہم پہلا سانس لیتے ہیں، انسان جنم لیتا ہے۔۔۔ انسان کے ساتھ موت جنم لیتی ہے۔۔۔ موت کو بینائی نہیں پا سکتی، سانس کی رفتار کے ساتھ ساتھ چلتی ہے، مکینک کے ساتھ بھی وہ چل رہی تھی، اسے معلوم نہیں تھا، کسی کو معلوم نہیں ہوتا، وقت معین ہے پھر بھی معلوم نہیں۔۔۔ مکینک کے والد کو بھی معلوم نہیں تھا۔۔۔ موت وہاں ہسپتال میں تھی یا نہیں۔۔۔ کسی کو معلوم نہیں تھا۔۔۔

جس صبح سورج کی کرنوں سے موت دبے پاؤں اُتری، مکینک کے بستر پر مسکراہٹ تھی۔۔۔

خبر اس وقت ہوئی جب شٹر گرے اور چھوٹے سے بازار کی سب دکانیں بند ہو گئیں۔

(آخری منظر)

سورج اب بھی کوارٹروں کی اس قطار سے کنی کترا کے گزرتا ہے۔ سردیوں میں دھوپ کی قلت ہونے سے ان کوارٹروں کے مکین گلی میں نکل بیٹھتے ہیں۔ مرد ڈیوٹی پر جاتے ہیں تو عورتیں گھر کا کام نمٹا کر کشادہ گلی میں چارپائیاں ڈال کر بیٹھ جاتی ہیں اور کچر کچر باتیں کرتی ہیں۔۔۔

ان میں ایک کردار کا اضافہ ہو گیا ہے۔۔۔!

ایک بوڑھا شخص ٹوٹی چارپائی دروازے کے سامنے ڈالے ہر آنے جانے والے سے سوال کرتا ہے۔۔۔

"اے بھائی۔۔۔ اے بابا۔۔۔ بیٹا۔۔۔ او بیٹا۔۔۔ بی بی۔۔۔ میری بات تو سنو!"

مکینک کہاں گیا۔۔۔!

Ref.: caarwan.com

* * *

منتخب افسانوں کا ایک اور مجموعہ

منتخب اردو افسانے

(حصہ اول)

مرتبہ : سید حیدر آبادی

بین الاقوامی ایڈیشن منظر عام پر آچکا ہے